Eva Roch
01/21

Lin Hallberg

DEINEN NAMEN FLÜSTERT DER WIND

Lin Hallberg

DEINEN NAMEN FLÜSTERT DER WIND

aus dem Schwedischen von Dr. Iris Schubert

KOSMOS

Umschlaggestaltung: Kathrin Steigerwald, Hamburg unter Verwendung von Fotomotiven von Christos Georghiou (Pferdesillhouette) adobe.stock.com und srckomkrit (Blattwerk) adobe.stock.com

Die Originalausgabe erschien unter dem Titel Som stjärnor faller bei Bonnier Carlsen Bokförlag, Schweden.
Text © Lin Hallberg 2017
Aus dem Schwedischen von Dr. Iris Schubert

Unser gesamtes lieferbares Programm und viele weitere Informationen zu unseren Büchern, Spielen, Experimentierkästen, Autoren und Aktivitäten findest du unter **kosmos.de**

Gedruckt auf chlorfrei gebleichtem Papier

© 2020, Franckh-Kosmos Verlags-GmbH & Co. KG, Stuttgart
Alle Rechte vorbehalten
ISBN 978-3-440-16070-1
Redaktion: Teresa Baethmann
Lektorat: Hannah Tannert
Produktion: Verena Schmynec
Grundlayout und Satz: DOPPELPUNKT, Stuttgart
Druck und Bindung: Friedrich Pustet GmbH & Co. KG, Regensburg
Printed in Germany / Imprimé en Allemagne

TESS + LIV =
Best(e Freundinnen)

Tess und Liv. Wann haben sie sich gefunden?

„Es war von Anfang an klar, dass wir füreinander bestimmt sind", sagt Liv.

„Gar nicht wahr", protestiert Tess. „Alle wollten mit dir befreundet sein, als du neu in die Klasse kamst, und ich hatte keine Chance."

„Du warst die Einzige, die nicht rumgeschleimt hat", antwortet Liv grinsend.

„Du mochtest es doch, dass dich alle vergöttert haben!" Tess sieht Liv direkt in die Augen. „Gib's zu!"

„Ich hab sofort gemerkt, dass du was Besonderes bist", sagt Liv.

„Wie, was Besonderes?'", fragt Tess feixend.

„Du bist anders", behauptet Liv.

„Ach, hör schon auf", sagt Tess und lacht.

„Aber es stimmt", meint Liv. „Du siehst Dinge, die die meisten anderen nicht sehen."

„Mein Gott, was du immer laberst!"

Tess dreht sich im Schnee auf den Rücken und sieht zum sternenbedeckten, dunklen Himmel hinauf.

„Ohne dich bin ich nichts", sagt sie nach einer Weile.

„Du musst nie ohne mich sein", antwortet Liv.

Die Kälte dringt durch ihre Kleider, treibt sie aus dem Schnee, bringt sie dazu, aus dem Park zu rennen, durch die Straßen der Stadt. Die Lichter des Einkaufszentrums blenden sie, als die automatischen Schiebetüren sich öffnen. Es ist schon Schlussverkauf in allen Geschäften, aber die Weihnachtsdekorationen hängen noch. Die Wärme lässt ihre Wangen glühen. Durch die Energie, die die beiden ausstrahlen, werden die Jungs, die unten in der großen Halle herumhängen, unruhig. Ihre lauten Kommentare hallen bis zur Decke, aber Tess und Liv zusammen sind so viel mehr, dass die Versuche, die beiden zu verunsichern, von ihnen abperlen wie nichts. Das Einkaufszentrum gehört ihnen, und alles ist ein Spiel. Liv filmt Tess, wie sie sich den rotesten Lippenstift aufmalt, den sie in den Regalen finden kann, und ihre Lippen ausfüllt, bis sie einem lachenden Clown gleicht. Ganz hinten im Sportgeschäft liegen in einem Korb die Mützen, die keiner haben will. Liv zieht sich eine davon über ihre schwarz gefärbten Haare und posiert vor Tess' Handykamera.

„Liv Sanchez berichtet live vom Gipfel des Åreskutan. Hier herrscht katastrophale Stimmung. Meine Freundin wird sich bald hinunter in die Tiefe wagen, und keiner weiß, ob man sie jemals wieder sehen wird."

„Hör auf!" Tess schaltet die Kamera aus. „Ich will nicht, dass wir über den Umzug reden."

Weil es ihr letzter gemeinsamer Tag ist, gönnen sich die

beiden einen Smoothie im Café. Sie sitzen lange dort und saugen an ihren Strohhalmen, während sie sich gleichzeitig in der Aufmerksamkeit der Jungs vom Nebentisch sonnen.

„Was macht ihr am Wochenende?", fragt einer von ihnen nach einer Weile.

„Auf alle Fälle nichts mit euch", antwortet Liv grinsend.

„Sei nicht so fies."

Es ist Liv, die das Gespräch führt, aber Tess, die der Junge anschaut, und sie erwidert seinen Blick mit einem entspannten Lächeln. Das macht Spaß. Ein unschuldiger Flirt, ein kleines Flattern in der Magengrube. Das funktioniert aber nur, wenn Tess mit Liv unterwegs ist. Livs Selbstbewusstsein überträgt sich auf Tess. Nie auf eine doofe, überhebliche Art oder so. Mehr wie ein Glücksgefühl, das den Körper ausfüllt und dazu führt, dass auch Tess die ganze Welt anlächeln kann. Eine Art Offenheit, die bewirkt, dass man plötzlich mit allen reden kann, neugierig ist, wie eine Verrückte durch die Straßen rennt und vom Leben berauscht ist.

„Nach dem Abi hauen wir ab", sagt Liv.

„Es muss mehr geben als das hier", antwortet Tess und nickt.

„Wir machen keinen Plan für die Reise", sagt Liv. „Wir folgen einfach unserem Impuls und schauen mal, wohin er uns bringt."

„Stell dir vor, wir kommen nie zurück."

Tess erwidert Livs Blick über dem Rand des hohen Smoothie-Glases und atmet das Gefühl ein, dass das Leben auf sie wartet, dass da draußen ein Abenteuer ist.

TESS

(im Januar)

Tess hält den Türknauf in der Hand und sieht sich in dem Raum um, den sie gleich verlassen wird. Wer wird sie ohne all das sein? Wird Liv weiterhin alles über sie wissen? Werden sie immer noch die gleichen Träume träumen, wenn sie sich wiedersehen? Wird das Leben noch immer wie Kohlensäure in ihren Adern sprudeln? Kann man befreundet bleiben, auf Distanz? Kann FaceTime den Abstand zwischen ihnen überbrücken? Die Wände ihres Zimmers werfen auf alle Fragen ein schallendes Nein zurück, das dazu führt, dass Tess sich aufs Bett werfen und einfach weigern will. Mama und Papa verstehen das nicht! Ihr Leben ist hier und jetzt!

„Tess, wir müssen los!"

Natürlich fährt sie mit. Sie ist vierzehn, bald fünfzehn. Sie hat keine Macht über ihr Leben. Eine andere Familie wird in ihrer Wohnung wohnen. Das hier ist nicht länger Tess' Zimmer.

Die Beleuchtung der Autobahn erhellt das Innere des Wagens in sekundenschnellen Intervallen. Tess legt ihre Wange gegen die Fensterscheibe. Sie blickt träge auf die

Schneehügel am Straßenrand und denkt, dass es sich genau so anfühlen muss, wenn das Leben zu Ende ist. Bald sind sie aus der Stadt raus und jenseits jeglicher Hoffnung.

„Wie geht's dir?", fragt Mama und dreht sich zu Tess um.

„Was denkst du wohl?", murmelt Tess.

„Du wirst dich besser fühlen, wenn wir erst mal da sind," antwortet Mama.

„Das glaubst auch nur du."

Tess zieht sich die Kapuze so weit es geht ins Gesicht, dreht die Lautstärke in ihren Kopfhörern hoch und schließt die Augen. Sie sagt das, was sie eigentlich sagen will, nicht, denn sie weiß, das wäre zu viel, zu schlimm. Doch ihre Gedanken kann sie nicht zensieren. Die sind da und reiben sie auf.

Warum musste Oma ihnen unbedingt ihr Haus vererben? Und wieso musste sie dann auch noch dazu sagen, dass das Haus nicht unbewohnt bleiben darf, als sei es ein Mensch und nicht nur ein Haufen Bretter? Wieso musste Oma sterben?

Tess beißt sich auf die Lippen, um die Tränen zurückzuhalten, und merkt, wie der Blutgeschmack sich im Mund ausbreitet.

Schließlich schafft das monotone Geräusch der Reifen auf dem Asphalt einen einschläfernden Zwischenraum zwischen Gegenwart und Vergangenheit. Omas Gesicht, das immer voll Wärme strahlte, taucht auf, ihr freches

Lächeln. Sie winkt Tess zu sich heran, nimmt ihre Hand und führt sie in das Haus. Die Kerzen im Kerzenständer auf dem Wohnzimmertisch brennen, als wäre es ein Festtag. Die Türen zur Küche und zum Flur schlagen zu, Schatten von Menschen ziehen vorbei und verschwinden die Treppe hinauf. Die kleinen Lichter am Weihnachtsbaum flackern im Windzug.

Das Auto biegt von der Autobahn ab und Tess erwacht mit einem Ruck. Jetzt herrscht pechschwarze Nacht draußen. Eine Milliarde Schneeflocken bewegen sich im Licht des Scheinwerfers. Tess nimmt die Kopfhörer aus den Ohren und beugt sich nach vorne.

„Ich schaff es nicht, in diesem Haus zu wohnen, jetzt, wo Oma nicht mehr da ist."

„Sie ist da", murmelt Mama. „Sie verlässt Bäckafallet niemals."

„Soll ich mich damit jetzt besser fühlen?"

„Es könnte ein Trost sein", antwortet Mama.

„Es klingt aber ziemlich makaber."

Papa nimmt Mamas Hand und drückt sie.

Und wer nimmt meine Hand, will Tess fragen, schweigt dann aber doch und denkt, dass das hier so falsch ist, wie nur etwas falsch sein kann. In Bäckafallet muss es warm sein und Sommer, das kleine Ruderboot muss am Steg bereit liegen, die Zweige sich in der dunklen Wasseroberfläche spiegeln, sie muss barfuß über die Wiese rennen und mit Oma in den Wald gehen, über Stock und Stein, mit einem Beerenkorb über dem Arm, Pilze suchen und die Spuren von Wildtieren deuten. An einen Stamm gelehnt dasitzen und dem Regen zuhören, wie er auf den Boden trommelt. Über das Leben und ihre Träume sprechen und einfach nur da sein. Wie soll sie jemals wieder einfach nur sein, jetzt, wo es Oma nicht mehr gibt?

Bäckafallet hatte für Tess immer Ferien bedeutet. Gemütliche Abendstimmung auf der Veranda, Nachmittage im Herbst, wenn der Tag langsam in den Abend gleitet und Tess ganze Berge von Büchern neben sich hatte, die darauf warteten, gelesen zu werden. Bücher, die sie auf endlose Abenteuer in fremde Länder mitnahmen, und in die Gedanken und Gefühle anderer Menschen. Bäckafallet sollte Tess und Oma gehören. Ein Platz, an dem sie Wälder, Seen und den murmelnden Bach in genau die Welt verwandelten, von der sie gerade träumten. Jetzt war all das Schöne zerstört! In nur einer Woche wird Tess morgens im Dunkeln an der Bushaltestelle stehen und auf den Schulbus warten, eine neue Klasse und neue Lehrer treffen. Bäckafallet wird nie wieder dasselbe sein. Es ist einfach nur lächerlich, dass sie glauben, dass sie dort ohne Oma leben könnten! Tess fühlt, wie es in ihr brodelt. Sie will herausbrüllen, dass Mama und Papa dabei sind, ihr Leben zu zerstören. Doch sie tut es nicht.

Auf dem altbekannten Hinweisschild steht „Vren, 7km". Papa biegt ab und macht das Fernlicht an, blendet jedoch sofort wieder ab, bremst und flucht laut. Tess beugt sich zwischen den Sitzen nach vorne.

„War das ein Elch?", fragt sie.

„Nein, das war vermutlich ein Reh", antwortet Mama.

„Es sah aus wie ein Pferd", meint Papa.

Tess drückt ihre Stirn gegen die Scheibe und starrt in die Dunkelheit. Ein Pferd? Bei minus 15 Grad und in meterhohem Schnee? Da würde doch nicht mal der größte Pferdenarr nach draußen gehen.

Sie fahren an einem weiteren Wegweiser Richtung Vren vorbei. Genau in dem Moment sieht Tess das Hinterteil eines Pferdes, bevor es im Wald verschwindet.

„Das war tatsächlich ein Pferd!", ruft sie.

„Es ist ja auch noch nicht mal sieben Uhr", meint Mama.

„Und was willst du damit sagen?", fragt Papa.

„Wir sind jetzt auf dem Land", antwortet Mama. „Hier haben die Leute Pferde, und Pferde brauchen Auslauf."

„Mitten auf der Straße? Und ohne Reflektoren?"

„Beruhig dich", antwortet Mama seufzend, „es ist ja nichts passiert."

Die Tanne vor dem Haus ist mit Lichtern geschmückt und schimmert im Dunkeln. Jemand hat die Lampe über der Haustür angemacht und dort hängt noch immer ein Weihnachtskranz, der mit rotem Band umwickelt ist. Das Haus sieht unerwartet einladend aus und in Tess' Magen macht sich das Bäckafallet-Gefühl breit. Das

Jetzt-sind-wir-angekommen-Gefühl, das übliche Glück, das sie immer beim Anblick des alten Hauses verspürt. Doch die Fenster, die auf den See hinausgehen, sind schwarz. Im Flur ist es eiskalt und Omas Stiefel stehen dort, als würden sie auf sie warten.

„Oh nein", sagt Mama, als sie sie sieht.

„Geh bitte Holz holen", sagt Papa und reicht Tess den Korb.

„Und du kümmerst dich ums Auspacken", sagt er zu Mama, die noch immer wie versteinert dasteht und auf die Stiefel starrt. „Ich mache Feuer im Herd und in den Kachelöfen."

Der Weg zum Holzschuppen ist nicht geräumt, sodass Tess mühsam durch den hohen Schnee stapfen muss. Alles ist festgefroren, der Haken in der Öse, jeder Holzscheit am anderen. Eine kleine Waldmaus macht sich aus dem Staub, als Tess die Scheite losklopft. Mit einem vollen Korb stapft sie zurück zum Haus, das jetzt hell erleuchtet ist. Sie sieht, wie sich die Tür zum Wintergarten öffnet, und hört Omas Stimme rufen: „Mach schnell wieder zu! Es wird kalt hier drin."

„Oma", flüstert Tess in die Dunkelheit, aber die Antwort bleibt aus und sie zuckt zusammen, als der laute Knall einer Autotür die Winterstille zerschneidet.

„Soll ich helfen?", ruft sie widerwillig.

„Nein, geh nur rein", antwortet Papa.

Als Tess in die Küche kommt, liegt Mama auf dem Küchensofa und starrt an die Decke.

„Warst du eben im Wintergarten?", fragt Tess.

„Nein, da ist es noch zu kalt." Mama zieht sich die Wolldecke bis zum Kinn, schließt die Augen und murmelt entschuldigend: „Es wurde so offensichtlich, dass sie nicht mehr da ist, als ich die Stiefel dort stehen sah."

„Du hast doch gesagt, dass sie immer hier sein würde …"

„Jetzt gerade fühlt es sich nicht so an."

Ein Junge
(der TOM heißt)

Tom stützt den Kopf in die Hände. Er sitzt auf der Bettkante und starrt auf die abgewetzten Holzdielen. Seine Füße sind vor Kälte ganz rot. Die paar Schritte zur Kommode in der Ecke sind qualvoll. Er zieht die oberste Schublade heraus, flucht jedoch, als er sieht, dass dort keine Strümpfe liegen.

„Na toll", murmelt er sauer, als er den Heizkörper am Fenster anfasst und merkt, dass dieser eiskalt ist. Er hat keine andere Wahl, als wieder ins Bett zu kriechen und sich die Decke bis zur Nasenspitze hochzuziehen. Familiengeräusche dringen durch den Holzboden. Teas schrille Stimme schneidet in seinen Ohren.

„Ich hätte im Stall bleiben sollen." Tom schließt die Augen und denkt an den Ausritt, den er gerade gemacht hat. Der Galopp, der so wunderbar schaukelnd wurde im Schnee. Es war anstrengend für Stern, aber sie schien es zu mögen. Wie der Schnee um sie herumgewirbelt war, als sie Slidestops übten, machte es besonders genial. Es ist ein überwältigendes Gefühl, wenn Stern die Hinterbeine unter sich bringt und bremst – von hundert auf null in einer Millisekunde!

„Du bist genau wie ich, ich kann deinen Herzschlag hören. Wir gehören zusammen, du und ich …", flüstert Tom, lächelt und denkt an ihr warmes Maul, wie sie ihre weichen Nüstern gegen seinen Hals gedrückt und versucht hatte, unter seinen Pulli zu kommen. An die warme Luft, als sie schnaubte, ihre Barthaare, die ihn auf der Haut kitzelten. Stern ist magisch, robust und einfühlsam zugleich.

Tom wird von dem Gefühl erfasst, dass er alles für sie tun würde.

TESS

(allein in der Dunkelheit)

Tess sitzt ganz hinten im Bus. Das ist ihr Platz geworden. Charlie aus ihrer Klasse sitzt einige Reihen weiter vorn. Zwischen ihren Häusern liegen nur zwei Haltestellen. Trotzdem haben sie sich noch nicht kennengelernt. Aber sie nicken einander zu. Ein Nicken am Morgen, wenn Charlie einsteigt, und eins, wenn sie nachmittags in Grantorp aussteigt. Charlie ist ein Pferdemädchen. Tess wusste das schon, bevor sie die Pferde auf der Weide vor dem Gut gesehen hatte. Der schwache Pferdegeruch, der in ihren Kleidern und Haaren hing, hatte Charlie verraten. Was war das bloß mit den Pferden? Tess hatte es nie verstanden. Sie war ein paarmal mit in den Stall gekommen, als Sara und Emelie, ihre besten Freundinnen in der Grundschule, mit Reiten anfangen wollten. Aber sie fand, dass es unheimlich war, in eine Box zu gehen – wenn die Pferde die Ohren anlegten und scheußliche Grimassen zogen. Es fühlte sich an, als wollten sie nicht in der Reitschule sein, nicht im Kreis in der Halle herumgehen, wo der Geruch nach Pferdemist in der Kälte dampfte.

Plötzlich waren Sara und Emelie völlig vernarrt und

sprachen im Prinzip nur noch von Pferden. Sie hörten zwar nicht auf, befreundet zu sein, aber es war einfach nicht mehr dasselbe. Wird es auch mit Liv so werden? Einfach nicht mehr dasselbe? Der Bus fährt sie durch die morgendliche Dunkelheit, Straßenlaternen erhellen die verlassenen Straßen. Und wieder ein neuer Tag, hurra!

Tess zieht sich die Ärmel ihres Pullovers über die Hände und seufzt. Es fühlt sich an, als würde sie nie richtig warm werden. Sie bewegt sich wie ein Roboter, steigt mit allen anderen aus, wenn der Bus anhält, hängt sich den Rucksack über die Schulter und stapft über den knarrenden Schnee. Rein in das schmuddelige Schulgebäude, das leicht nach Schimmel riecht. Linoleumböden und Holzmöbel voller eingekerbter Wörter. Hässliche alte Spinde, deren zuknallende Türen den Flur mit hohlem Geschepper füllen. Und überall die Blicke. Wer-bist-du-Augen. Die aus ihrer Klasse sind okay, aber sie bewegen sich dennoch wie in einem eingeübten Brettspiel, bei dem jeder seine Position hat, bei dem jeder alles über den anderen weiß. Wo nur Roboter-Tess keinen Platz hat. Noch nicht.

„Du kommst also aus Stockholm?"

„Du wohnst also jetzt in Bäckafallet?"

Die Fragen sind in Wirklichkeit Feststellungen. Wenn sich die Mädels neben sie setzen, während der Mittagspause oder auf den Bänken vor den Unterrichtsräumen, soll Tess natürlich Sachen erzählen, die sie noch nicht wissen.

„Wir ziehen wahrscheinlich im Herbst wieder zurück", sagt Tess unbestimmt.

„Gefällt's euch hier nicht?"

„Doch, ist schon ganz nett."

„Aber du bist eben Stockholm gewohnt."

Die Mädels nicken vielsagend, als ob sie es wüssten – ist man Stockholm gewohnt, bleibt man nicht hier.

„Man vermisst eben seine Freunde und alles", murmelt Tess.

Die Mädels behaupten, dass sie auch umziehen werden, später, wenn das Leben wirklich anfängt, nach der Schule und so, auch nach Stockholm oder jedenfalls in eine größere Stadt.

Nach einer Weile, nachdem sie dieses Gespräch mehrmals geführt hat, sitzt Tess meistens allein rum. Sie beschäftigt sich mit ihrem Handy oder einem Buch oder irgendeiner Hausaufgabe. So ist es halt. Tess wird zu einer dieser Neuen, die meistens für sich selbst sind. Die, die aus Stockholm kommt. Das ist okay. Man ist, wie man ist.

TOM
(zur selben Zeit)

Tom sitzt auf Sterns Rücken, nach vorn gelehnt, die
Arme um ihren Hals geschlungen, während sie von dem
Heu frisst, das er ihr eben gegeben hat. Die Wärme des
großen Pferdekörpers gibt ihm selbst das Gefühl, warm
zu sein. Oh, wenn er einfach aufgeben könnte, einfach
loslassen und davongleiten. Er würde es tun, wenn Stern
nicht wäre. Tom streichelt über Sterns fein gemeißelte
Ohren und flüstert: „Wir lassen einander nicht im Stich,
oder?"

Stern antwortet, indem sie ungeduldig den Kopf schüttelt. Tom darf machen, was er will, aber ihre Ohren sind
empfindlich. Tom lehnt sich zurück, legt sich stattdessen
auf den Rücken und starrt zur Stalldecke hoch, wo die
Farbe abblättert und sich die Spinnweben häufen. Der
Stall ist unter aller Sau, aber das ist nicht der Grund,
weshalb die Tränen hervordrängen. Es ist dieses Gefühl
von Sehnsucht, das ihn fast zum Weinen bringt. Sehnsucht nach Nähe. Die Traurigkeit, nicht zu wissen, wie es
ist, ganz nah neben jemandem zu liegen. Haut an Haut …

TESS

(ohne eigene Existenz)

Tess gibt es nur, wenn sie mit Liv redet. Wenn sie wieder und wieder Angelegenheiten über Jungs wälzen, die sie schon seit letztem Sommer gewälzt haben. Wenn sie über Dinge reden, die sie zusammen machen werden, sobald Tess zurück ist. Wenn Mama und Papa auch kapiert haben, dass es nicht funktioniert, in Bäckafallet zu wohnen, nicht das ganze Jahr, nicht als normales Leben. Wenn sie eingesehen haben, dass ein Haus einfach nur ein Haus ist, um das sich jeder x-Beliebige kümmern kann. Aber die Gespräche werden immer kürzer und die Abstände dazwischen immer länger. Liv hat so vieles vor, und wenn sie sich anrufen, ist da bloß ein einziges Durcheinander von Wer-hat-was-gesagt-und-zu-wem, von Orten, an denen Liv war, von Freunden, die sie getroffen hat. Wenn Tess auflegt, fühlt sie sich steif und langweilig. Wovon soll sie erzählen? Dass die Schneehaufen entlang der Wege jetzt grau und matschig sind? Dass die Tage wieder länger werden, dass das aber auch nicht wirklich hilft? Dass die Sonne dennoch nur knapp über die Baumwipfel reicht, wenn sie am höchsten steht?

Aber auch, wenn es sich nicht gut davon erzählen lässt, hat sich dennoch etwas getan. Ein scheues Tageslicht ist noch da, wenn Tess nachmittags in Bäckafallet aus dem Bus steigt, und sie hört das Wasser des Bachs unter der kleinen Brücke wieder murmeln. Tess lässt die Arme über das Brückengeländer baumeln. Sie greift nach einem Holzstöckchen, wirft es ins Wasser und geht zur anderen Seite der Brücke. Da kommt es! Sich drehend und schaukelnd. Ein kleines Holzstöckchen auf dem Weg zum Gransee. Tess wird von einem ungewohnten Glücksgefühl übermannt, als ihr klar wird, dass der Frühling tatsächlich bald da ist.

Tess seufzt, als sie merkt, dass die Haustür verschlossen ist. Der Schlüssel liegt unter der Fußmatte. Das Schloss klemmt wie immer und Tess flucht lautstark.

„Was sind das denn für Ausdrücke, Tess?"

Es ist, als ob die Zeit stehen bleibt. Tess zwingt sich zum Atmen und denkt, dass das gerade nicht wirklich passiert. Dass es ihr Hirn ist, das ihr einen Streich spielt und ihr vorgaukelt, dass sie Omas Stimme hört.

„Bist du hier?" Tess muss fragen. Es ist völlig geisteskrank, aber trotzdem. Wie schön wäre es, Oma wieder bei sich zu haben. Sie bekommt keine Antwort, natürlich nicht. Tess seufzt, zieht die Schuhe aus und schleudert sie in den Flur. Doch bevor sie in die Küche geht, beugt sie sich runter und stellt sie ins Schuhregal. Oma wird sonst wütend …

Auf dem Küchentisch liegt ein Zettel von Mama: Bin zum Kaffeetrinken bei Maria, gegen fünf zurück. Tess zerknüllt den Zettel zu einem kleinen Ball, den sie durch die Feuertür in den Herd wirft. Sie legt einige Holzpellets und dünne Scheite darauf und zündet alles an. Tess bleibt in der Hocke sitzen, sieht den Flammen zu und streckt die Hände aus, um sie zu wärmen. Dass man so oft Kaffeetrinken gehen kann! Es ist, als ob die Leute auf dem Land nichts anderes tun würden. Über was redeten sie die ganze Zeit, Mama und Maria? „Das Leben", sagte Mama, als Tess mal gefragt hatte. Wobei sie eigentlich meistens über den Tod redeten. Mama und Maria waren in der gleichen Klasse gewesen, bis zur neunten. Sie waren nie beste Freundinnen, aber sie kannten das Leben der anderen und so was lernt man zu schätzen, wenn man älter wird, sagt Mama. Zusammen mit Maria kann Mama sich an ihre Mama erinnern, und wie es war, als sie noch Kinder waren. Mama und Maria weinen über alles, was sie vermissen, sie weinen über die Ungerechtigkeiten im Leben und über Marias Sohn, der gestorben ist. All diese Tränen! Sie werden noch davonfließen, Mama und Maria. Alles handelt vom Tod. Wenn Mama zu Hause ist, umkreist sie Tess und will ihre Trauer auch mit ihr teilen. Aber Tess will nichts über den Tod mit nur 15 Jahren hören. Sie will leben, auch wenn sie schon länger nicht mehr sicher ist, wie das geht.

Tess legt noch einige größere Holzscheite nach, bevor sie die Ofentür schließt und nach oben in ihr Zimmer geht.

Sie öffnet ihren Laptop, schließt die Kamera an, setzt sich mit überkreuzten Beinen aufs Bett und drückt auf Aufnahme.

„März, Bäume, Schneematsch und Dunkelheit. In den Nächten singt das Eis, eine merkwürdige Melodie in Moll, und das Wild schreit wie gequälte Kinder im Wald. Oma ist noch immer im Haus. Ich schwöre! Sie bringt mich dazu, Türen zu schließen, das Licht auszumachen, Wasser zu sparen und langweilige Reste aufzuessen. Alles, was sie dachte und tat, sitzt in den Wänden fest. Ich würde heute noch in die Stadt zurückfahren, wenn ich könnte. Ich hasse es, dass ich nicht selbst über mein Leben bestimmen kann, auf dem Land zu wohnen, keine Freunde zu haben, dass alle in der Schule mich anstarren, als wäre ich eine Außerirdische, dass ich versprochen habe, zumindest den Sommer über auszuhalten. Ich werde noch wahnsinnig, Liv, echt jetzt!"

Tess drückt auf Stopp, legt sich auf den Rücken und starrt zur Decke. Sie kann Livs Stimme hören, ihr heiseres Lachen, wenn sie sagt: „Erzähl genau, wie es war. Das wird ein scheißgeiler Film!"

Denkt Liv überhaupt noch an sie? Oder dreht sie sich einfach weiter, auf ihrem Liv-Karussell, näht sich neue Cosplay-Kostüme, dreht komische Filme, malt abstrakte Gemälde und hängt im Kulturhaus rum. Liv hätte alles anders gemacht. Sie hätte Charlie oder jemand anderes aus der Klasse eingefangen, verzaubert, und wer auch immer es geworden wäre zu ihrer neuen besten Freundin gemacht. Liv spendet Leben, bedeutet Leben. Während Tess schwer und langweilig ist. Eine traurige Figur, die Angst bekommt, sobald der Boden im Zimmer nebenan knarzt. Die nicht mehr atmen kann, wenn es sich anfühlt, als ob jemand auf der Bank im Wintergarten neben ihr sitzt, obwohl niemand da ist, wenn sie glaubt, Omas Stimme zu hören.

TOM
(und die Sehnsucht nach dem Frühling)

Tom legt seine Wange an Sterns Flanke. Die Rippen sind unter dem Winterfell jetzt deutlich zu spüren – sie ist so schmal geworden, fast schon mager. Stern steht mit geschlossenen Augen da, das Maul im Heuhaufen vergraben, den er ihr gerade gegeben hat. Nachdem sie eine Weile gefressen hat, hebt sie den Kopf und blickt Tom mit ihren schwarzen, freundlichen Augen an. Sie legt das Maul an seine Wange und atmet aus. Das Heu, das noch in den Mundwinkeln hängt, kitzelt auf Toms Haut, als sie das Maul bewegt.

„Bald ist es Frühling, Stern, dann darfst du nach draußen auf die Weide und so viel fressen, wie du willst."

Die Stute schließt die Augen und beginnt erneut zu fressen. Auf dem Weg aus dem Stall schaut Tom auf die Tafel mit dem Futterplan. In Sterns Zeile stehen 2 kg im Kästchen für die Abendfütterung. Tom versucht, die Zwei wegzuwischen, um stattdessen eine Vier zu schreiben, aber es gibt keine Kreide. Tom denkt, dass er einen neuen Stall für Stern finden muss. Sie hat etwas viel Besseres verdient.

TESS

(der Frühling, der wartet)

Im Graben neben der Bushaltestelle wächst Huflattich. Die Sonne, die durch die verschmierten Busfenster scheint, blendet, sodass Tess Charlie kaum sieht, als sie durch den Mittelgang geschlendert kommt.

„Ist hier noch frei?"

Ohne eine Antwort abzuwarten, setzt Charlie sich auf den Platz neben Tess. Sie schaut aus dem Fenster, als sie fragt: „Und wie ist es so, in Bäckafallet zu wohnen?"

„Ich hasse es", antwortet Tess.

„Das merkt man", meint Charlie nickend.

„Wir ziehen im Herbst wohl wieder in die Stadt", sagt Tess.

„Dann verkauft ihr das Haus?"

„Ich nehm's an." Tess zuckt mit den Schultern, aber es tut im Herzen weh, so zu tun, als wäre es ihr egal. Tess schnappt nach Luft, sie will die Worte zurücknehmen, die noch immer zwischen ihnen in der Luft hängen.

„Schön, dass es Frühling wird", sagt Charlie. „Bald können die Pferde über Nacht draußen sein, dann muss ich nicht mehr in aller Frühe ausmisten, sondern kann wieder ausschlafen."

„Mmh", brummt Tess.

„Komm mal mit zum Reiten", schlägt Charlie vor.

„Ich reite nicht", antwortet Tess.

„Du kannst ja damit anfangen", sagt Charlie.

„Mal sehen", sagt Tess.

Sie steigen zusammen aus dem Bus aus, gehen zusammen über den Schulhof bis zu den Spinden. Dann ist es, als würde Charlie Tess ausschließen. Sie greift sich einige Bücher, wirft ihren Rucksack in den Spind und knallt die Tür zu. Einige der Mädchen aus ihrer Klasse grüßen sie, aber Charlie grüßt nicht zurück.

„Die ist echt total gestört", sagt eine von ihnen, als Charlie im Korridor verschwunden ist.

„Kein Wunder", sagt eine zweite.

„Was glotzt du so?", fragt eine dritte, und die, die angeklagt wird zu glotzen, ist Tess, die sich beeilt, von dort wegzukommen.

An diesem Nachmittag, als Tess heimkommt, stehen die Fenster im ersten Stock sperrangelweit offen. Das Bettzeug hängt zum Lüften draußen und Mama ist vollauf damit beschäftigt, in Omas Zimmer herumzuräumen.

„Was tust du da?" Tess bleibt im Türrahmen stehen und sieht Mama dabei zu, wie sie einen Müllsack mit Kleidern aus Omas Schrank füllt.

„Sie kommt nicht zurück, Tess", sagt Mama.

„Du sagst doch selbst, dass sie noch immer im Haus ist."

„Ich weiß", antwortet Mama und lächelt widerwillig.

„Aber sie braucht keine Kleider mehr, oder?"

„Das weiß man doch nicht," antwortet Tess.

„Doch", sagt Mama, „das weiß man."

Mama zieht die Decke herein, die zum Lüften draußen hing. „Fühlst du, dass der Frühling da ist?", fragt sie und schließt das Fenster. „Ist das nicht herrlich?"

„Wolltest du nicht mit Maria Kaffee trinken?", zischt Tess und beantwortet weder Mamas Lächeln noch ihre Frage.

„Maria ist weggefahren", sagt Mama. „Sie musste mal hier raus."

„Das muss ich auch", sagt Tess und geht in ihr Zimmer. Als Mama nach einer Weile hinterherkommt, um nach ihr zu sehen, liegt Tess auf dem Bett und starrt an die Wand.

„Wir müssen weitergehen, Tess", sagt sie.

„Ich kann sie nicht einfach wegputzen", murmelt Tess.

„Aber ich kann das", antwortet Mama.

„Weil du entschieden hast, dass sie jetzt wirklich tot ist, oder wie?"

Tess steht auf und stellt sich vor Mama, steif und trotzig, als wäre sie bereit zu kämpfen.

„Ich will sie hierbehalten!"

In dieser Nacht steht Oma barfuß mitten auf dem kalten Holzboden in Tess' Zimmer und sieht sie an.

„Wo sind meine Kleider?", fragt sie.

Als Tess sich im Bett aufsetzt, sieht sie das Leuchten des Nachtlichts, das immer im Flur vor ihrem Zimmer brennt. Die Tür steht halb offen, obwohl sie sicher ist, dass sie sie geschlossen hatte. Ihr Herz klopft wild, als sie über den Boden huscht, die Hand am Geländer zittert, während sie die Treppe runter ins Erdgeschoss schleicht. Die Säcke mit Omas Kleidern stehen noch im Flur. Sie schleifen über die Stufen, als Tess sie nach oben schleppt. Sie quetscht sie unters Bett, bevor sie wieder unter die Decke krabbelt und einschläft.

TOM
(Sterns warmer Rücken)

Tom sammelt die Schnüre, die die Heuballen zusammenhalten, vom Boden auf. Die Schnüre sind ja doch so etwas wie ein Beweis dafür, dass der Alte die Pferde füttert, auch wenn deren magere Rücken und zottelige Mähnen etwas anderes sagen. Stern frisst dankbar die Mohrrüben, die Tom aus dem Kühlschrank zu Hause geklaut hat, und kaut, bis ihr der Schaum aus dem Mund quillt. Als sie fertig ist, führt er das Gebiss ein und zieht das Zaumzeug über die Ohren. Stern legt den Kopf schräg und genießt es, gekrault zu werden. Als Tom sie zum Tor führt, hält sie den Kopf dicht an seinen Rücken gedrückt. Die alten Arbeitspferde sind damit beschäftigt, die Rinde vom Espenholz im hinteren Teil der Weide zu beißen. Sie reagieren gar nicht, als Stern die Weide verlässt. Aus dem Schornstein des Gutshauses steigt Rauch auf und es sieht aus, als würde der Alte die Gardine am Fenster, das zur Weide geht, beiseiteschieben. Tom greift mit der linken Hand in Sterns Mähne und zieht sich mit einer schwungvollen Bewegung auf ihren Rücken. Als er sich in ihr Fell sinken lässt, breitet sich Ruhe in seinem Körper aus. Jetzt müssen sie nur noch etwas zu fressen für sie finden.

TESS
(wacht auf)

Tess hat ihr Gesicht in einem von Omas Kissen vergraben. Das duftet noch immer schwach nach der Seife, die sie immer verwendet hat. Vor dem Fenster ist Vogelgezwitscher zu hören, ein ohrenbetäubendes Getöse von Vogelstimmen. Tess kneift die Augen fest zusammen, als die Matratze nachgibt und sie das Gewicht von jemandem spürt, der sich neben sie legt. Ein Gefühl, eine Wahrnehmung, Oma die flüstert: „Geh nach draußen, Tess, geh zum Hügel und schau dir alles an, was wieder lebendig geworden ist."

Als Tess die Augen öffnet, ist nichts von alledem passiert. Und dennoch ist es das doch. Die Sehnsucht nach dem Frühling auf dem Hügel treibt Tess die Treppe hinunter, über den Hof und rauf in den Wald. Sie hat wackelige Beine. Oma war immer zuerst gegangen und hatte sie angeführt. Aber Tess kennt den Weg, sie muss ihn nur gehen.

Goldsterne blühen, Maiglöckchen sprießen und Buschwindröschen bilden einen Teppich an der Böschung zum See. Vor den blauen Lederblümchen, die sich unter den Bäumen verstecken, geht Tess auf die Knie. Alles stirbt, vermodert und erwacht wieder zu neuem Leben. Das hat Oma immer gesagt.

„Was bist du jetzt?"

Tess stellt die Frage an den klarblauen Himmel. Eine kleine Lerche kommt angeflogen und setzt sich auf einen Zweig in Tess' Nähe.

„Bist du das, Oma?", fragt Tess, bekommt jedoch keine Antwort.

Es knackt zwischen den Bäumen und die Lerche fliegt davon. Es ist ein Schnauben zu hören, samt dem rhythmischen Stampfen eines trabenden Pferdes. Der Boden unter Tess' Füßen vibriert. Das Pferd ist weiß, mit großen und kleinen hellgrauen Punkten im Fell. Die schwarzen Augen blinzeln, als es Tess entdeckt. Auf seinem Rücken sitzt entspannt ein Junge. Er hat eine Hand am Zügel, eine in der Mähne.

„Hej." Der Junge sieht Tess an, die zurückstarrt. Dann schiebt er die Hand, die die Zügel hält, nach vorn und das Pferd fällt sofort in den Galopp. Sie verschwinden zwischen den Bäumen, bevor Tess Zeit hatte zu antworten.

„Wer war das denn?", fragt sie, doch nur die Bäume hören sie.

Tess schaltet die Kamera an und drückt auf Aufnahme, bleibt aber sitzen, ohne zu wissen, was sie sagen soll. Das Gefühl für Liv gibt es fast nicht mehr. Tess rückt näher an die Kamera heran und denkt, dass sie trotzdem alles erzählen will.

„Heute Nacht ist Oma zu Besuch gekommen. Sie wollte ihre Kleider zurück, die Mama schon weggeworfen hatte. Das war vermutlich ein Traum, nehme ich an, aber jetzt liegen trotzdem Omas Kleider in Müllsäcken unter meinem Bett. Das Mädchen aus meiner Klasse, mit der ich immer im Bus fahre, du weißt schon: Ihr bester Freund ist gestorben. Deshalb redet sie nie mit jemandem. Mama hat angefangen, in der Krankenpflegestation zu arbeiten. Sie sagt, dass es schön sei, seine eigenen Sorgen und seinen Kummer eine Weile zu vergessen. Manchmal glaube ich, dass sie es gut findet, dass Oma nicht mehr da ist. Sie redet davon, dass sie das Haus zu ihrem eigenen machen will. Wie krank ist das denn bitte! Bäckafallet kann nie jemand anderem gehören als Oma. Heute hab ich einen Jungen im Wald hinter dem Haus getroffen. Er ist ohne Sattel geritten, wie ein Indianer. Ich kenne ihn nicht, deshalb gehen wir vermutlich nicht auf die gleiche Schule. Er hat gegrüßt und ist dann in vollem Galopp abgehauen. Ich schwör dir, die Leute sind so was von seltsam hier! In vier Monaten fängt das neue Schuljahr an. Dann muss ich zurück in der Stadt sein!"

Am gleichen Abend bekommt Tess eine Filmsequenz von Liv. Ihr Gesicht ist weiß, eingerahmt von ihrem schwarz gefärbten Haar. Sie klingt wie eine Wahrsagerin oder so was und sieht ziemlich verrückt aus, wie sie so ihr Gesicht an die Linse drückt und redet.

„Du bist ja mitten im Abenteuer des Lebens, Tess. Wer weiß, was passiert, wenn man stirbt? Vielleicht ist es wirklich so, dass man dableibt. Vielleicht gibt's dann nur ein paar Leute, die einen sehen können. Vielleicht bist du eine von denen. Hab keine Angst, Tess! Du solltest eine neue App runterladen, die ich gefunden hab. Mit der kannst du permanent filmen. Versuch, deine Oma drauf zu bekommen. Wie krass wäre das bitte?! Sorry, jetzt ruft Amanda vom Flur. Wir wollen raus und Fotos für eine Ausstellung machen, die sie im Kulturhaus zeigen werden. ‚Jetzt erwacht die Natur' ist der Titel. Ich weiß, ziemlich nerdig, aber doch auch wahr, das tut sie schließlich gerade. Auch das Leben erwacht, scheißegeil, Tess! I love it!"

Am nächsten Morgen wacht Tess von Vogelgekreische auf. Als sie aus dem Fenster schaut, sieht sie große graue Vögel mit schwarzen Beinen auf der Wiese unten beim See herumstolzieren.

„Heute sind die Kraniche gekommen", sagt Papa, als Tess in die Küche kommt.

„Ich weiß", brummt Tess.

„Das bedeutet, dass jetzt wirklich Frühling ist", sagt Papa mit einem Lächeln.

„Super", murrt Tess und schmiert sich ein Brot.

„Es ist nicht so toll für dich, hier zu wohnen, oder?", fragt Papa.

„Es ist deprimierend", antwortet Tess.

„Das wär's aber vielleicht in der Stadt auch geworden, hast du darüber schon mal nachgedacht?"

Tess starrt aus dem Fenster, während sie an ihr Zimmer zu Hause in der Stadt denkt, an Liv und ihre Klasse, aber sie schafft es nicht zu antworten.

„Es ist gut zu trauern", meint Papa. „Man sinkt auf den Grund, und wenn es am schlimmsten ist, wendet sich alles und man kommt wieder hoch."

„Tut man das wirklich?"

„Ich glaub schon", antwortet Papa.

„Ich werd auf alle Fälle im Herbst zurück in die Stadt ziehen", sagt Tess.

„Gib dem Leben hier eine Chance", bittet Papa.

Wie viele Chancen kann ein Leben bekommen? Tess sitzt auf dem Steg und schaut hinaus übers Eis, das brüchig und matschbraun geworden ist. Bald wird es ganz nachgeben und wieder zu Wasser werden. Tess beschattet die Augen mit der Hand und versucht zu erkennen, was sich auf der anderen Seite des Sees bewegt. Ist das ein Pferd, das durch die Bäume hindurch schimmert? Ist es dieser Junge, den sie im Wald getroffen hat? Tess beeilt sich, ihr Handy aus der Hosentasche zu fischen. Er hebt die Hand wie zu einem Gruß, bevor er wendet und im Wald verschwindet. Nur der Schatten eines Pferdes ist auf dem Bild zu erkennen.

TOM
(zur selben Zeit)

Stern frisst vom trockenen Gras des Vorjahres, sie sucht nach Graswurzeln, die unter dem alten zu sprießen begonnen haben. Tom lehnt sich an ihre Flanke. Er zupft Haarbüschel aus ihrem Winterfell, die lose unter Sterns Bauch baumeln, und genießt die Strahlen der Frühlingssonne, die die Waldlichtung erwärmen. Hierher reicht der Wind nicht. Er legt sich auf den Boden. Es ist herrlich, die Augen zu schließen und vor sich hin zu träumen. Im Traum ziehen er und Stern in die verlassene Hütte beim Teich, er ist erwachsen, verdient Geld und kauft das beste Heu, das er finden kann für Stern. Doch schnell holt ihn die Realität wieder ein und in der kann er nicht beeinflussen, wie gut oder schlecht Stern es hat.

Tom steht mit einem Seufzer auf, er legt seine Wange an die von Stern und verspricht, dass sie ihren Sommer voll Freiheit im Wald bekommen werden. Sie werden die besten Wiesen mit dem besten Gras finden. Den Sommer wird niemand ihnen wegnehmen können.

TESS

(nahe am Boden)

An einem Nachmittag, an dem Mama arbeitet, hängt Tess Omas Kleidung zurück in den Schrank. Kleider, Röcke, Strickjacken und Blusen auf Kleiderbügel in den größeren Teil des Schranks. Strumpfhosen und Unterwäsche in die Fächer im schmaleren Teil.

Danach legt sie sich auf Omas Bett und schaut zur Decke, wo sich der alte Wasserfleck in Form eines Gesichts ausgebreitet hat. Tess erinnert sich noch ganz genau an den Sommer, als sie und Oma allein im Haus waren und es mehrere Tage lang in Strömen goss. Der Regen drang durch das Außendach, dann durch das Innendach auf dem Dachboden und schließlich durch Omas Schlafzimmerdecke. Oma und Tess kämpften mit dem schweren Eisenbett, um es vor dem von der Decke tropfenden Wasser zu retten, und Tess musste ständig rennen, um neue Eimer aus der Vorratskammer zu holen und sie auf dem Boden zu verteilen.

„Daran werden wir uns immer erinnern", sagte Oma.

Als der Regen fortgezogen war, kam der Dachdecker und reparierte das Dach. Die Nässe trocknete, aber der Fleck blieb zurück.

„Man darf ruhig sehen, dass man gelebt hat", meinte Oma bloß.

Tess schläft ein. Als sie wieder aufwacht, ist es dämmrig geworden und im Zimmer herrscht eine seltsame Stimmung. Im Haus ist es ganz still und sie spürt das Gewicht von jemandem, der sich auf die Bettkante setzt.

„Bist du das, Oma?"

Die Schranktüren knarren und Tess hört, wie die Kleiderbügel hin- und hergeschoben werden. Sie kneift die Augen zusammen und macht sie erst wieder auf, nachdem es still geworden ist. Als sie das Licht anmacht und in den Schrank schaut, sieht sie, dass Omas Lieblingskleid vom Bügel gerutscht ist und in einem seidigen Haufen auf dem Boden des Kleiderschranks liegt.

Die Haustür wird geöffnet und ein Schwall kalter Luft strömt nach oben in Omas Schlafzimmer.

„Bist du zu Hause?" Mama füllt das Haus mit Geräuschen, während sie die Einkaufstüten hereinschleppt und das Radio anmacht. Tess' Hände zittern, als sie das Kleid zurück auf den Bügel hängt, die Schranktür schließt und sich aus dem Zimmer schleicht.

„Was gibt's zu essen?", ruft sie.

„Kannst du nicht was kochen?", fragt Mama.

„Später", antwortet Tess.

Tess beeilt sich, in ihr Zimmer zu kommen und den Computer hochzufahren. Sie legt sich rücklings auf den Fußboden und blickt hoch in die Kamera.

„Hier spricht Tess, nahe am Boden. Die Einsamkeit ist meine Rüstung. Ich blicke durch die Gitter des Visiers und rufe Hallo, aber keiner hört mich. Es ist, als ob ich unsichtbar wäre. Ich glaube, ich probiere mal aus, was passiert, wenn ich einfach stur geradeaus durch die Leute auf dem Schulflur laufe. Heute hab ich Omas Kleider zurück in den Schrank gehängt. Danach bin ich auf ihrem Bett eingeschlafen. Ich weiß nicht, ob ich geträumt hab, aber es hat sich so angefühlt, als ob sie da war. Du hast unrecht, Liv. Mit den Toten zu leben, ist nicht lustig. Es ist nicht mal cool, sondern einfach nur unheimlich. Echt jetzt, Liv, ich glaube, ich bin dabei, komplett verrückt zu werden. Und heute Morgen, als ich auf dem Steg saß, hab ich den Indianerjungen wieder gesehen. Alles ist seltsam hier!"

An diesem Wochenende lassen sie das Boot zu Wasser. Tess holt die Ruder aus dem Schuppen und hilft Mama, die lose Fußmatte zu schrubben.

„Bald können wir rausrudern und die Netze auswerfen", sagt Mama.

„Da muss Oma aber dabei sein", meint Tess.

„Wir müssen ab sofort allein klarkommen", antwortet Mama.

„Aber das tun wir doch nicht!" Der Zorn flammt wieder auf und lässt Tess streitlustig werden. „Wir kommen überhaupt nicht klar!"

„Ich weiß, dass du Oma vermisst", sagt Mama. „Aber

ich bin auch immer für dich da, das darfst du nie vergessen."

Als Mama zum Haus zurückgeht, wählt Tess, statt ihr zu folgen, den Pfad, der am Ufer entlang führt. Sie geht mit klopfendem Herzen den Abhang des Berges hinauf, lässt sich von der Kraft des Zorns durch den Tannenwald treiben, raus bis zur Ackerkante und vor bis zur Wegmarkierung, die die Grenze zwischen Grantorp und Vren kennzeichnet. Bald ist sie auf dem alten Grundstück angekommen, auf dem einmal das Haus, in dem Oma geboren wurde, gestanden hatte. Heute steht hier nur noch eine alte kleine Kate. Tess bleibt stehen, um nach Luft zu schnappen, ihr steigen Tränen in die Augen, als sie an den Ausflug denkt, den sie jeden Sommer mit Oma hierher gemacht hat. Oma und sie mit dem Picknickkorb und allen Geschichten von der Zeit, als Oma noch klein war. Von den Spielen, die sie damals spielten, dem Haus, das damals noch stand, von der Scheune voller Tiere und Omas Geschwistern, die draußen spielten.

Tess hat sich gerade auf einen großen Stein gesetzt, als der Indianerjunge angeritten kommt. Er hält ein Stück entfernt an, gleitet vom Rücken des Pferdes und streift ihm die Zügel über den Kopf. Tess sieht, wie er seine Hände um den großen Pferdekopf legt und seine Stirn gegen die des Tieres drückt. Es ist eine so liebevolle Geste, dass es Tess fast die Kehle zuschnürt.

Als er das Pferd loslässt, senkt dieses den Kopf und fängt an zu grasen, während er seinen Arm locker über dessen Rücken legt. Tess hat das Gefühl, ein Eindringling zu sein, und wagt es kaum zu atmen, als sie aufsteht. Im gleichen Augenblick dreht er sich um.

„Hej."

Tess hebt die Hand und winkt. Dann läuft sie schnell weg.

„Du musst nicht gehen, nur weil wir gekommen sind", ruft er ihr hinterher.

Tess zögert, bleibt aber stehen und dreht sich um.

„Komm!"

Hauptsächlich deshalb, weil sie nicht weiß, was sie sonst tun soll, setzt Tess sich mit etwas Abstand neben ihn in das trockene Gras des Vorjahres und beobachtet das Pferd, wie es im Boden wühlt, um an die frischen Graswurzeln zu kommen. Sie schielt zu ihm hinüber und sieht, dass er mit ausgestreckten Beinen dasitzt, nahe der Pferdehufe. Dass er zerschlissene Jeans trägt, mit einem Loch am Knie und einen dicken Wollpulli, der bestimmt nach Schaf riecht.

„Ich dachte, dass du Menschen aus dem Weg gehst", sagt sie nach einer Weile.

„Ich war das letzte Mal so überrascht", antwortet er lächelnd. „Wir sind nicht daran gewöhnt, im Wald Leute zu treffen."

„Wo wohnst du denn?", fragt sie.

„Tatsächlich ziemlich weit weg von hier", antwortet er. „Aber Stern steht in Vren."

„Die haben einen Haufen Kühe, oder?", fragt Tess.

„Nee, es sind nur noch die ehemaligen Arbeitspferde vom Alten im Stall übrig, und Stern, der Kühe hat er sich entledigt."

„Ich wohn auf Bäckafallet", sagt Tess. „Wir sind in den Weihnachtsferien hergezogen."

„Ich weiß", antwortet der Junge mit einem Nicken. Die Sonne erwärmt die Luft. Das Pferd bewegt sich immer weiter von ihnen weg auf seiner Jagd nach frischem Gras. Tess legt sich auf den Rücken und schaut in den Himmel, wo leichte Schleierwolken entlanggleiten.

„Wie findest du es denn, jetzt hier zu wohnen?", fragt er.

„Furchtbar", antwortet Tess.

„Ich hab deine Oma gekannt", sagt er. „Sie war sehr lieb."

„Sie war die Beste", sagt Tess mit einem Nicken.

„Die, die man liebt, hat man immer bei sich", meint der Junge und blickt verstohlen zu Tess.

„Ich weiß, ich träum dauernd von ihr", antwortet Tess. „Aber sobald ich mich ihr nähere, wache ich auf."

„Was, wenn das gar kein Traum war?", fragt er.

„Ich wünschte, sie würde noch immer leben, damit ich nicht hier wohnen müsste", sagt Tess seufzend.

„Dann hätten wir uns nie getroffen", meint er mit einem Lächeln.

„Das stimmt natürlich", antwortet Tess, während sich die Röte langsam auf ihrem Gesicht ausbreitet.

„Du kannst auf Stern reiten, wenn du möchtest", bietet er an.

„Ich kann nicht reiten", sagt Tess.

„Ich bring's dir bei."

Jetzt grast die Stute wieder um ihre Beine herum. Sie reißt mit ungeduldigen Bewegungen die kurzen, frischen Halme ab.

„Stern mag normalerweise keine Fremden", sagt der Junge.

„Warum denn nicht?", fragt Tess.

„Sie kann ziemlich nervös werden, aber bei dir ist das irgendwie anders."

„Ich bin mal geritten, als ich neun war", erzählt Tess. „Aber ich hatte immer Angst vor den Pferden."

„Vor Stern musst du nie Angst haben."

„Das hat der Reitlehrer damals auch immer gesagt", meint Tess lächelnd.

„Mit Reitschulpferden ist das anders", sagt er. „Die haben nach einer Weile keine Lust mehr auf Leute. Stern ist manchmal ein bisschen nervös, aber wenn man sie zu nichts zwingt, ist sie großartig."

„Und wie muss man es stattdessen anstellen?"

„Du musst sie bitten", antwortet er. „Bring sie dazu zu verstehen, was du von ihr willst, dann versucht sie das immer zu erfüllen."

Plötzlich sinkt Stern auf die Knie und lässt sich mit einem Seufzen auf die Seite rollen. Der Junge lehnt sich gegen den Hals des Tieres, lächelt und sagt, er heiße Tom.

„Was denkst du", fragt er, „willst du es mal probieren?"

Sie gehen im Schritt entlang des Ackers. Tess auf dem Pferderücken, die Hände in einem krampfartigen Griff um dessen Mähne. Tom neben ihr, die Zügel in der einen Hand, die andere ruht auf Sterns Hals.

„Entspann dich einfach. Lass die Arme hängen und gehe mit dem Rhythmus mit."

„Das ist nicht sonderlich bequem", murmelt Tess.

„Es wird besser, wenn sie sich wieder ein bisschen was angefuttert hat", meint er und grinst. „Mit etwas Fett vom Gras der Sommerweide wird es weicher unterm Hintern."

Als Tess wieder zu Boden gleitet, ist die Innenseite ihrer Hose voller grauer Fellreste und grau gesprenkelter Strähnen. Sie folgt Tom mit dem Blick, als er sich auf Sterns Rücken schwingt und davongaloppiert.

Tess reibt sich den Dreck von den Fingerknöcheln und wird von einer plötzlichen Sehnsucht erfasst, so reiten zu können wie er.

TESS
(auf dem Weg nach oben)

Die Plätze ganz hinten im Bus gehören jetzt Tess und Charlie. Sie sind zwar nicht so richtig befreundet, aber trotzdem. Charlie antwortet nie auf Fragen. Tess hat gelernt zu warten, bis sie freiwillig etwas sagt. Das ist ihr egal. Es ist schön, nicht die ganze Zeit ihre Einsamkeit wie ein Schild vor sich herzutragen, wenn die Leute aus der Schule den Bus mit ihren schreienden Kommentaren über nichts und alles füllen. Tess sitzt da, den Kopf gegen die Scheibe gelehnt und blickt träge auf die Landschaft, die draußen vorbeizieht.

„Worauf starrst du so?", fragt Charlie.

„Nichts", antwortet Tess.

„Du wartest nur darauf, dass du von hier wegkommst", konstatiert Charlie.

„Ich nehm's an", antwortet Tess.

„Deshalb will niemand mit dir befreundet sein", meint Charlie.

„Wie bitte?", fragt Tess.

Tess fühlt sich ertappt, als müsse sie sich gegen das plötzliche Mitgefühl in Charlies Stimme wehren.

„Du bist nie richtig hier", meint Charlie.

„Im Gegensatz zu dir, oder wie?"

„Ich mach mich auf alle Fälle nicht unsichtbar", sagt Charlie.

Tess zuckt mit den Schultern und blickt stur aus dem Busfenster.

Was Charlie da gesagt hat, brennt wie scharfe Kratzer auf der Haut. Sieht man ihr an, was sie denkt? Können alle das sehen?

„Ich bin jeden Tag im Stall", sagt Charlie. „Falls du mal vorbeikommen willst."

Tess und Charlie trennen sich voneinander, als sie an der Schule aus dem Bus steigen. Es ist, als müssten sie einen Abstand zwischen sich markieren, der möglichst deutlich ist, damit sich niemand auch nur einbildet, sie könnten Freunde sein.

Aber allein die Tatsache, dass sie im Bus zusammensitzen, bringt Hanna und Ingrid aus ihrer Klasse dazu, Tess während der großen Pause anzusprechen , als sie vor der Bibliothek abhängt.

„Du bist also jetzt mit Charlie befreundet, oder wie?", fragt Ingrid.

Tess zuckt mit den Schultern.

„Sie braucht ja auch echt jemanden, mit dem sie reden kann", meint Hanna.

„Deshalb ist das gut", sagt Ingrid nickend.

„Sie war ganz anders, bevor das passiert ist", sagt Hanna.

„Sie ist kaum wiederzuerkennen." Ingrid nickt wieder.

„Die waren superdick befreundet", erzählt Hanna.

„Es gab irgendwie nur die beiden", sagt Ingrid.

„Und Charlie denkt wohl, dass es ihre Schuld ist", sagt Hanna.

Tess spürt die Erwartung in der Luft, entlarvt diese Art zu reden – wir geben dir Informationen, also gib uns auch was zurück. Wir reden zwar hinter Charlies Rücken, aber das ist nur ihr zuliebe, und weil sie uns nicht egal ist, so was in der Richtung. Hannas und Ingrids einschmeichelnde Mienen kotzen Tess an.

„Ich muss los", sagt sie.

Tess hat einen Gratis-Kalender an die Schlafzimmertür gepinnt. Jeden Nachmittag malt sie ein fettes schwarzes Kreuz über den neuen Tag. Bald ist der April vorbei. Dann kommt der Mai und dann der Sommer und danach ist sie frei. Sie versucht, Liv anzurufen, erreicht aber nur deren Mailbox.

„Liv ist anderweitig beschäftigt, sag nichts, ruf einfach noch mal an."

Tess hat gerade die Kamera eingerichtet, um etwas aufzunehmen, das sie Liv schicken kann, als sie aus dem Fenster blickt und den Indianerjungen auf seinem Pferd sieht. Sie stehen am Waldrand und schauen zum Haus. Tess macht ein Bild mit dem Handy, aber sie sind zu weit weg, sodass man nichts darauf erkennen kann. Statt es noch mal zu versuchen, klappt sie den Laptop zu, rast nach unten und zieht sich ihre Stiefel an.

„Wohin gehst du denn?", ruft Papa.

„Raus!"

Als Tess am Waldrand ankommt, sind die beiden nicht mehr da. Sie bleibt stehen, die Hände auf die Knie gestützt und schnappt nach Luft. Verdammter Mist! Wo sind sie nur hin? Tess schlägt den Pfad ein, der hoch zum Teich führt. Jetzt, wo sie schon draußen ist, spürt sie, wie herrlich es in der durch die Baumkronen strahlenden Sonne ist. Der sanfte Wind fühlt sich an wie ein Streicheln auf der Haut, wie eine tröstende, weiche Hand. Oma und sie sind hier oft zusammen entlanggegangen. Rund um den Teich findet man Pfifferlinge, hier gibt es im Herbst Preiselbeeren und hier wächst das wippende Sumpfgras, auf dem Tess immer rumgehüpft ist, als sie noch klein war. Tess blickt über den Teich. Ein halbhoher Nebel schwebt über den Gräsern. Sie glaubt Omas Lachen zu hören, wenn sie sagt, das sei das Trampolin des Waldes, nur für Tess. Es duftet nach Moos und Feuchtigkeit und Tess steigen Tränen in die Augen.

Als sie sich umdreht, um zu gehen, stehen Tom und Stern auf dem Weg vor ihr. Er sitzt mit etwas gebeugtem Rücken da, seine Jeans sind nach oben gerutscht und nackte Fußknöchel schauen aus den zerschlissenen Reitschuhen heraus.

„Du siehst aus, als wäre schon Sommer", sagt Tess lächelnd.

„Hatte keine sauberen Socken mehr", antwortet er und grinst.

Dieses Mal darf sie versuchen, die Zügel zu halten, während sie reitet.

„Denk daran, dass die in ihren Mund führen", sagt Tom.

Tess schiebt vorsichtig die Zügel zwischen ihren kleinen und ihren Ringfinger, schließt die Hand darum und versucht, den Kontakt mit Stern zu spüren.

„Aber wenn man anhalten will, muss man doch daran ziehen, oder?"

„Du musst dich nur aufrichten und daran denken, dass du anhalten willst."

„Ja, klar", sagt Tess.

„Versuch's einfach."

Als Tess sich aufrichtet, verkürzt Stern ihre Schritte. Bleib stehen, denkt Tess, und plötzlich stehen sie still auf dem Weg.

„Cool", ruft sie und meint es wirklich so.

„Man kann mit Pferden reden", sagt Tom nickend, „aber die Sprache sitzt im Körper."

Tom hält die Hand dort am Zügel, wo er in das Gebiss von Stern übergeht, und sie folgen dem Pfad, der zur alten Kate führt.

„Wenn du willst, kannst du versuchen zu traben."

„Ohne Sattel?"

„Lehn dich zurück und halt dich an der Mähne fest."

Als Stern zu schaukeln anfängt, ist Tess kurz davor, zur

Seite zu rutschen, doch Tom greift ihr Bein und schiebt sie wieder in die richtige Position.

„Es ist bequemer, wenn du galoppierst."

„Nicht noch schneller jetzt", keucht sie.

An der alten Kate machen sie Pause und setzen sich auf die kaputten Stufen, während Stern um ihre Beine herum grast.

„Was denkst du", fragt er, „möchtest du reiten lernen?"

„Wie lange dauert das?"

„Das kommt darauf an", antwortet er. „Wenn du keine Angst davor hast, runterzufallen, geht es schnell."

„Okay, ich hab sowieso nichts Besseres vor", sagt Tess.

„Gut", sagt er.

Nachdem sie sich verabschiedet haben, nimmt Tess den Pfad übers Moos, wo der Boden bei jedem ihrer Schritte nachfedert. In Gedanken setzt sie die Unterhaltung mit Tom fort, erzählt, wer sie ist. Von der Einsamkeit, die sich in ihr breitgemacht hat, seit sie nach Bäckafallet gekommen ist. Über die Sehnsucht nach einem Leben, das ihr gehört, nur ihr allein.

TESS

(und Tom)

Es wird zur Gewohnheit für Tess, direkt nach der Schule
schnell ihre Sachen in die Ecke zu pfeffern und in den
Wald zu gehen. Zwischen den Bäumen zu spazieren, gibt
ihr Trost. Es beruhigt sie. Sie versucht sich einzureden,
dass es der Wald ist, nach dem sie Sehnsucht hat, obwohl es in Wirklichkeit Tom und Stern sind, die sie wie
magisch anziehen. Doch finden tut sie die beiden nie. Es
ist nicht vorhersagbar, wo sie sich treffen werden. Auf
einmal sind sie einfach da. Tess ist jedes Mal wieder
gleichermaßen überrascht und eine jubelnde Freude
breitet sich in ihrem Inneren aus, wenn sie Toms leicht
gebeugt reitende Gestalt sieht. Er sieht so entspannt aus
auf Sterns Rücken. Tom hat einen unkonventionellen,
nonchalanten Reitstil, nicht so einen senkrechten Sitz
wie der, den der Reitlehrer immer gepredigt hat. Er
bringt ihr Sterns Sprache bei, sagt, sie soll Sterns Bewegungen kennenlernen und ein Teil dessen werden. Doch
das ist leichter gesagt als getan. Die kleinste Unsicher-
heit in ihr führt dazu, dass Stern ausbricht und davontrabt, und schon sitzt Tess mit dem Hintern im Moos.
Das ist aber gar nicht unheimlich, sondern einfach nur

richtig schwierig. Und am schönsten ist es, wenn sie Pause machen, auf den Stufen der verlassenen Kate sitzen und Stern dabei zusehen, wie sie auf dem Hof grast. Es ist etwas in Toms Duft, das Tess sowohl anlockt, als auch Abstand halten lässt. Eine Mischung aus Pferd, Junge, Wollpulli und Wald. Auf eine gewisse Weise rau. Manchmal denkt sie, dass sie ihn kaufen würde, gäbe es ihn in Flaschen. Dann könnte sie den Duft mit heimnehmen. Eines Nachts, als sie wach liegt, denkt sie, dass der Duft vermutlich wild heißen würde.

Tom und Stern im Wald zu treffen, wird zur Gewohnheit. Tess ist anders, wenn sie mit ihm zusammen ist. Tom sagt nie, dass sie sich an den Gedanken gewöhnen muss, dass Oma nicht mehr da ist – wie Mama das immer tut. Mit Tom ist alles möglich. Oma ist ganz nah und das darf auch so sein. Unmöglich ist jetzt nur, sich vorzustellen, dass sie Tom und Stern nicht mehr treffen könnte, dass er nicht mehr auf Sterns Rücken sitzt und sie mit einem Lächeln begrüßt, wenn sie ihm entgegenrennt. Die Treffen mit Tom sind das Leben, das jetzt wieder in Tess brodelt.

Heute strahlt die Maisonne auf die Treppen der verlassenen Kate. Zum ersten Mal ist es so warm, dass Tess ihren Pullover auszieht. Sie bereut es jedoch sofort, als ihr bewusst wird, dass ihre Brust sich unter ihrem T-Shirt abzeichnet. Glaubt Tom jetzt, dass sie das absichtlich wegen ihm gemacht hat?? Tess wird knallrot und sie blickt verstohlen zu ihm, doch er hat die Augen geschlossen, während er gegen das Treppengeländer gelehnt dasitzt.

Sie studiert sein Gesicht, die dunklen Schatten unter seinen Augen, die ihn manchmal so müde aussehen lassen. Sein ernstes, ruhiges Gesicht wirkt irgendwie traurig. Tess unterdrückt den Impuls, ihm übers Gesicht zu streicheln, die langen, braunen Haare wegzustreichen. Ihn zu trösten.

„Ziehst du deinen Pulli nie aus?", fragt sie stattdessen.

„Der ist wie meine zweite Haut", antwortet er, ohne die Augen zu öffnen.

„Kratzige Haut", sagt Tess.

„Kratzig ist gut, da spürt man, dass man lebt." Tom grinst sie blinzelnd an.

Tess schaut weg, hält den Blick auf Stern gerichtet, die mit ungeduldigen Bewegungen Grasbüschel ausrupft. Ab und zu macht die Stute eine Pause, um zu schnauben, und grast dann weiter. Als Tom sich seine Reitschuhe auszieht, hebt Stern kurz den Kopf. Nachdem er sich wieder zurückgelehnt hat, grast sie weiter. Da ist ein Band zwischen Stern und Tom, so als würden sie im gleichen Takt atmen, und ein Anflug von Eifersucht macht sich in Tess breit. Wie kommt man einem Pferd so nah?

„Und, was denkst du jetzt?", fragt Tom plötzlich. „Sind Pferde noch immer nicht dein Ding?"

„Ich mag Stern." Tess lässt den Kopf zwischen ihren Knien verschwinden, sie will nicht, dass er sieht, wie sie rot wird. Will nicht, dass er sieht, wie viel ihr seine Frage bedeutet – dass es ihm wichtig ist, ob sie Stern mag, oder nicht.

„Das haben wir gehofft, Stern und ich", sagt Tom.

„Seit wann hast du sie eigentlich?", fragt Tess.

„Seit ich zehn bin", antwortet er. „Also fünf Jahre."

„Das ist lang ..."

„Sie bedeutet mir alles", antwortet er.

„Stell dir vor, was ist, wenn sie mal stirbt", sagt Tess und bereut es im gleichen Moment.

„Ich sterbe vielleicht vor ihr", sagt Tom.

„Ich hab den Tod so satt", sagt Tess seufzend.

„Ich auch."

Tess blickt verstohlen auf seine nackten Füße. Die sind ganz schön dreckig und doch auch wieder nicht. Barfuß-Füße, obwohl es gerade erst Frühling geworden ist.

„Noch immer keine sauberen Socken mehr da?", fragt Tess und bemüht sich, ungezwungen zu klingen, denkt an das, was Charlie gesagt hat, dass keiner mit ihr befreundet sein will, weil sie in ihrer eigenen kleinen Blase lebt.

„Ich brauche keine Socken", antwortet er und wackelt mit seinen weißen Zehen. „Ich hab ja den Wollpulli."

„Das stimmt natürlich", sagt Tess und lacht.

„Sollen wir noch ein bisschen reiten?", fragt Tom und zieht sich seine Reitschuhe wieder an.

Als sie beide auf Sterns Rücken sitzen und Tess Tom ganz nah spürt, will sie nirgendwo anders sein. Sie will in dem Augenblick verweilen, wenn er seine Arme um sie legt, um Sterns Zügel zu greifen, in dem Augenblick, als sie seine Wange an ihrer fühlt.

Auf der Anhöhe über Bäckafallet machen sie halt, bleiben eine Weile stehen und sehen über den Garten und das Grundstück. Aus dem Schornstein steigt Rauch auf, das Küchenfenster steht offen und das Radio ist an. Er hält sie, als sie von Sterns Rücken gleitet. Sie legt die Hände auf Sterns Maul und genießt die feucht-weiche Wärme, die ihr Atem ist.

„Danke", sagt sie.

„Wenn du noch etwas mehr gelernt hast, kannst du mir vielleicht mit Stern helfen", sagt Tom. „Falls ich eines Tages mal nicht kann, oder so."

„Wenn ich das schaffe, gern", sagt Tess nickend, während sich das Glücksgefühl in ihrem Körper ausbreitet. Er will, dass sie ihm hilft! Es gibt eine Fortsetzung!

„Das wirst du schaffen", sagt er. „Bald."

TESS
(von innen)

Livs Gesicht ist ganz nah an der Kameralinse. Tess zählt sieben Löcher in ihrem linken Ohrläppchen. Das sind zwei mehr als zu ihrem Abschied. Als Liv den Mund öffnet und atmet, beschlägt die Linse.

„Hier spricht Liv, von der anderen Seite. Tess, ich rufe dich. Hallo, bist du da? Ich kann's kaum abwarten, dich zu besuchen. Die Stadt nervt total. Die Straßen sind staubig und es riecht nach Hundekacke. Überall stehen Leute und glotzen in die Sonne. Als wären sie in irgend so einer Sekte. Völlig bescheuert! Wie läuft's mit dem Indianerjungen? Ich bin sooo neugierig! Schläfst du noch manchmal im Bett von deiner Oma? Haben wir da alle drei Platz? Scheiße, Tess, wir bleiben die ganze Nacht wach und spuken und so, ja?"

Tess liegt rücklings auf dem Sofa im Wintergarten. Sie ist allein zu Hause. Livs Stimme hängt noch in der Luft. Doch dieser überdrehte „Jetzt-passiert-hier-endlich-was"-Ton fühlt sich plötzlich anstrengend an in der Stille von Bäckafallet. Liv im Wald? Liv und Tom? Wie soll Liv hier reinpassen?

Tess schläft ein und träumt davon, dass Liv im Wald

steht – eine bleiche Elfe, die die Tiere in die Flucht treibt. Als Tess aufwacht, denkt sie, dass Liv in der Stadt bleiben sollte. Das ist kein guter Gedanke. Tess hält die Augen geschlossen und versucht, wieder einzuschlafen und von Tom zu träumen, als ein Windhauch ihr Kinn streift. Sie hört das Geräusch eines Buchs, das zugeschlagen wird.

Als Tess die Augen öffnet, sieht sie eins von Omas Poesiealben auf dem kleinen Tisch neben dem Korbstuhl liegen. Lag es vorher schon da?

„Oma?", flüstert Tess. „Bist du da?"

Tess schließt erneut die Augen. Sie stellt sich vor, dass Oma im Korbstuhl sitzt und die Beine auf dem Hocker ausstreckt. Gestreifte, dicke Socken und die bauschige Strickjacke an.

„Du würdest Tom mögen, Oma. Er ist im Wald zu Hause, genau wie du. Ich glaube, dass Tom meine erste große Liebe ist. Vielleicht ja die einzige. Wie weiß man das? Ist es Liebe, wenn man alles andere um sich herum vergisst und wenn all das, was man schwer fand, plötzlich verschwindet, wenn man einander nah ist? Wenn es die Person ist, mit der man zusammen sein will. Immer."

Oma antwortet, wie sie es normalerweise tut: „Hör auf deine innere Stimme, Tess."

Später, beim Abendessen, behauptet Mama, dass Tess sich verändert habe. Zum Guten.

„Es scheint, als hättest du dich weiterentwickelt", sagt Mama.

„Soso", sagt Tess und schnaubt etwas verächtlich.

„In ihrem nächsten Leben wird Tess ein Igel", sagt Papa lachend.

„Nichts darf man sagen", seufzt Mama, „oder was?"

„Ich will im Herbst zurück in die Stadt", sagt Tess.

„Mir gibt es Ruhe, hier zu sein", sagt Mama. „Nahe bei Oma."

„Wie, nahe bei Oma?"

„Das Haus ist so sehr wie sie", sagt Mama.

„Du würdest sie nicht mal sehen, wenn sie sich auf deine Bettkante setzt", sagt Tess.

„Aber du tust das?", fragt Mama und ihr Lächeln ist unerträglich Mama-artig.

„Du weißt nicht alles über alles", antwortet Tess.

„Famous last words."

Papa setzt dem Streit ein Ende, bevor er richtig in Fahrt kommen kann. Er erzählt von etwas, das bei der Arbeit passiert ist, während Mama zustimmend brummt und nickt. Tess beeilt sich aufzuessen, stellt den Teller auf die Spülbank und läuft aus der Küche.

„Wohin gehst du?"

„Ich hab noch Hausaufgaben!"

„Kannst du nicht noch ein bisschen bei uns sitzen bleiben?"

Mama versucht, das Gesagte wegzuwischen, den Abstand auszuradieren. „Bald kommt ja schon Liv."

„Es wäre besser, wenn ich zu ihr fahren würde", sagt Tess.

„Liv gefällt es bestimmt richtig gut hier", sagt Mama lächelnd.

„Wenn du meinst."

Der Ärger über all das, was Mama sagt, wischt das Gefühl weg, das Tess noch bis vorhin hatte: dass Liv hier nicht reinpasst. Als sie in ihr Zimmer kommt, fährt sie den Laptop hoch, richtet die Kamera aus und drückt auf Aufnahme.

„Du wirst ja komplett löchrig, wie ein Sieb, durch das alles durchfließt, hast du darüber mal nachgedacht? Du alte Selbstquälerin! Mama behauptet, dass ich mich verändert hätte. Zum Besseren. Es fühlt sich an, als würde ich nur in meinem Kopf leben. Heute lag plötzlich Omas Poesiealbum auf dem Glastisch im Wintergarten. Das, welches sie immer am liebsten hatte. Und ich schwöre, dass es da noch nicht lag, als ich reingekommen bin. Die Kleiderbügel in ihrem Schrank quietschen. Sie ist vermutlich froh darüber, ihre Klamotten wiederzuhaben. Was gibt es sonst noch? Tom bringt mir Reiten bei und wie man sich im Wald orientiert."

Tess schneidet den letzten Satz weg, bevor sie auf „Senden" drückt. Tom ist privat. Ein weiches Gefühl im Körper. Eine Art Vorfreude, die sie nicht teilen will.

TOM
(wenn keiner es sieht)

Tom bleibt auf der Anhöhe stehen und sieht Tess nach, als sie im Haus verschwindet. Die Wärme ihres Körpers ebbt ab, doch das Gefühl, ihr nahe zu sein, bleibt. Tom legt seine Wange an die von Stern.

„Wir mögen dieses Mädchen, nicht wahr?"

Er will dort stehen bleiben und warten, bis sie ihm wieder entgegengerannt kommt. Doch es wird schon dämmrig und er muss zurück nach Vren, bevor der Alte sich entschließt, die Pferde reinzuholen.

Nachdem Tom Stern auf die Weide gebracht hat, geht er in den Stall und stößt die Forke in den Mist, der in ihrer Box liegt – gerade hinein in die schwarzbraune Schicht aus altem Dung und Urin. Der Gestank von Ammoniak, der aufsteigt, öffnet seine Tränenkanäle und lässt die Trauer frei über alles, was schiefgegangen ist. Tom sinkt auf die Knie. Stern sollte nicht so leben müssen, er müsste sich besser um sie kümmern.

Draußen vor dem zugewachsenen Fenster regnet es in Strömen. Jetzt, wenn die Frühlingssonne nicht mehr scheint, ist der Stall feucht und kalt. Es ist schon sieben Uhr, doch weit und breit kein Zeichen vom Alten aus dem Haus. Merkt er überhaupt nicht, dass es regnet? Denkt er überhaupt daran, dass die Pferde von der Weide geholt werden müssen? Tom ballt die Hände zu Fäusten und schlägt gegen die Stallwand. Das Gefühl von Machtlosigkeit ist lähmend. Bringt er selbst die Pferde rein, wird der Alte wütend – niemand soll ihm schließlich vorschreiben, wie er seine Tiere zu behandeln hat. Dieser Vollidiot!

Nachdem Tom den feuchten Dreck aus Sterns Box befördert hat, streut er die trockenen Halme, die er zuvor in den Stallgang gefegt hatte, wieder zurück und drückt sie platt, sodass man nicht sieht, dass er die eklige Schicht darunter entsorgt hat. Jetzt muss der Frühling endlich Fahrt aufnehmen! Stern hat schon eine Pilzinfektion vom vielen Stehen in diesem verkackten Stall bekommen. Ihre Hufe riechen faulig und sie will nicht auf hartem Untergrund gehen. Wann soll das alles ein Ende haben? Es fühlt sich an, als hätte sich alles gegen ihn verschworen, alles, bevor Tess ... Tom stützt sich auf die Forke und denkt an Tess. Sie ist das Beste, was ihm seit Langem passiert ist. Außerdem mag Stern sie sehr, und das bedeutet ihm alles.

TESS
(ungefähr Ende Mai)

Das Klassenzimmer ist unerträglich warm, jetzt, wo die Sonne von einem klarblauen Vorsommerhimmel heruntersticht. Der Lärm vom Sportplatz dringt durch das offene Fenster. „Homerun, homerun, homerun". Alle Blicke werden von dem Spektakel angezogen, das draußen vor sich geht. Die Stimme des Lehrers wird zu einem monotonen Hintergrundgeräusch. Da draußen schlagen die Bäume aus! Jetzt und jetzt und jetzt! Die Welt wird in jeder Sekunde grüner, Schwalben fliegen durch die Luft und es duftet nach Gras. Da draußen passiert es, das Leben …

Das Schaben von Stühlen, die zurückgeschoben werden, lässt Tess zu sich kommen. Sie rafft ihre Sachen zusammen, stopft sie in ihre Tasche und rennt hinter den anderen zur Bushaltestelle.

„Jetzt dauert es nicht mehr lang", sagt Charlie, als sie auf den Platz neben Tess gleitet.

„Machst du was in den Ferien?", fragt Tess.

„Schlafen", antwortet Charlie.

„Das klingt nach Spaß."

„Wer hat gesagt, dass es Spaß machen soll?"

Tess lehnt die Stirn gegen die Scheibe und verschwindet in ihren eigenen Gedanken. Fünf Schultage, zwei Wochenenden und dann kommt Liv. Wie wird es werden, jetzt, wo sie nicht mehr alles übereinander wissen? Werden sie die fehlenden Teile ergänzen können? Das widerwillige Gefühl schwappt wieder in ihr hoch. Das Gefühl, das sagt, dass Liv besser in der Stadt bleiben sollte.

„Ich werd mit meinem Pferd in ein Trainingslager gehen." Charlies Stimme drängt sich in Tess' Gedanken. „Im Juli."

„Und was trainiert man dort?"

„Alles Mögliche", sagt Charlie. „Außerdem werde ich zur Konfirmation gehen."

„Wow."

„Ich weiß." Charlie lächelt ein kantiges, ungewohntes Lächeln.

„Glaubst du an Gott?", fragt Tess.

„Das soll man dort wohl herausfinden", antwortet Charlie.

„Das mit der Hölle existiert vermutlich vor allem, um Leuten Angst einzujagen", murmelt Tess und dreht sich wieder zum Fenster.

„Eine Hölle ist es vielleicht dann, wenn man stirbt, aber es nicht schafft, die Erde zu verlassen." Charlie scheint plötzlich unheimlich viel zu sagen zu haben. „Wenn die, die noch am Leben sind, sich weigern, einen loszulassen."

Das, was Charlie da sagt, verursacht Tess Gänsehaut. Sie erschaudert und zieht die Ärmel ihres Pullovers so weit nach unten, wie es geht.

„Ist man tot, dann ist das einfach so. Das muss man akzeptieren", sagt Charlie.

Sie nähern sich Grantorp, und als der Bus langsamer wird, steht Charlie auf.

„Bis bald", sagt sie und steigt aus.

Tess hört Charlie pfeifen und sieht, wie ein braunes Pferd sich aus der Herde auf der Weide löst und ihr entgegenläuft. Der Wind weht seinen Schopf zur Seite und entblößt eine zum Teil weiße Stirn – einen weißen Fleck, der sich über das rechte Auge ausbreitet und das Pferd etwas verrückt aussehen lässt.

Das, was Charlie eben gesagt hat, hängt Tess noch nach, lange nachdem Charlie aus ihrem Blickwinkel verschwunden ist. Bleibt Oma da, weil Tess so oft an sie denkt? Sollte Tess ihre Kleider wegwerfen und ihr sagen, dass sie jetzt ohne sie klarkommen? Wäre das besser für Oma?

Die Schlüssel liegen unter der Fußmatte auf der Veranda. Tess schließt auf und schmeißt sie dann auf die Kommode im Flur, bevor sie die Treppen hinauf in ihr Zimmer geht. Die Jeans, die sie immer anhat, wenn sie auf Stern reitet, liegen unter dem Bett, zusammen mit den Plastiksäcken, in denen Omas Kleider waren. Sie überlegt, die Kleider wieder dort reinzulegen und die Säcke wegzuwerfen. Doch der Geruch, der ihr entgegenschlägt, als sie Omas Schrank öffnet, lässt sie diese Idee sofort wieder vergessen. Wie sollte sie jemals Oma wegwerfen können?

Im Kühlschrank sind ein paar Mohrrüben, die Tess auseinanderbricht und in ihre Hosentasche steckt. Sie geht zum Waldrand, nimmt den Pfad in Richtung der verlassenen Kate. Sie geht so lange, bis ihr Herz einen Satz macht und er vor ihr auf dem Feldweg steht, mit Stern am Zügel. Immer wieder genauso plötzlich!

„Schaffst du's überhaupt, zur Schule zu gehen?", fragt Tess.

„Ich bin lieber draußen im Wald", sagt Tom grinsend.

„Als ob man eine Wahl hätte", antwortet Tess.

„Bald sind Sommerferien", sagt Tom.

„Freiheit", seufzt Tess.

Tom lässt sie heute allein auf Stern reiten und sie übt, zwischen den Bäumen wie auf einer Slalombahn zu reiten.

„Leite sie mit den Zügeln." Tom geht nebenher und legt seine Hand über die von Tess, um ihr zu erklären, wie sie es machen soll. „Zeig ihr, wohin sie gehen soll."

Nachdem Tess sich um ungefähr zehn Bäume geschlängelt hat, sagt ihr Tom, sie solle die Zügel fallen lassen und versuchen, Stern mit ihrem Gewicht zu lenken.

„Leg die Hände unter deinen Po", sagt Tom. „Spürst du deine Sitzbeinhöcker?"

Tess nickt.

„Wenn du nach rechts willst, verlagerst du dein Gewicht auf deinen rechten Sitzbeinhöcker", erklärt Tom. Tom geht voraus und hält die Zügel in der Hand, doch er lässt Tess bestimmen, um welchen Baum sie gehen. „Lehn dich nicht rüber", sagt er. „Denk an die Richtung, in die du gehen willst, und dann verlagere dein Gewicht auf diesen Sitzbeinhöcker. Stern ist unheimlich sensibel, du musst es nicht übertreiben."

Alle anderen Gedanken werden vertrieben. Eine kleine, kleine Weile gibt es nur Tess und Stern und den Versuch, sie ohne Zügel zu lenken. Stern geht mit gespitzten Ohren und nach einer Weile merkt Tess, dass sie tatsächlich auf das nächste Signal zu warten scheint, dass sie darauf wartet, was Tess von ihr will.

„Für heute reicht's", sagt Tom, als sie sich der verlassenen Kate nähern.

Tom lässt Stern frei, damit sie grasen kann, aber sie bleibt stehen und mampft stattdessen die Mohrrüben, die Tess ihr gibt.

„Braves Mädchen."

Tess streicht mit der Hand über Sterns Rücken, streicht die Deckhaare glatt und sieht, dass Stern große, feuchte Dungflecken auf ihrem Hinterteil hat. Es riecht stark nach Mist und Ammoniak.

„Striegelst du sie nicht?", fragt sie.

„Das bekommst du so nicht weg", antwortet Tom. „Ich werde sie baden, wenn das Wasser im See wärmer geworden ist."

Tom legt seinen Arm über Sterns Rücken und folgt ihr, als sie grasen geht. Wenn er die Wange an sein Pferd drückt und die Augen schließt, ist es, als ob Tess ausgeschlossen wäre – einsam mit ihrem Gefühl, nicht dabei sein zu dürfen, nichts zu bedeuten.

Trotzdem bleibt sie stehen und wartet, dass sie an der Reihe ist, dass Tom sie umarmt und ihr sagt, wie wichtig sie ihm geworden ist. Sie wird ihm antworten, dass es für sie vorher nichts gab.

TESS
(und das neue Leben)

Die letzte Schulwoche vergeht mit Brennball-Spielen, dem Ausräumen der Spinde und Abhängen in der Sonne auf dem Schulhof. Alle jammern, wie unnötig das alles ist und dass sie genauso gut gleich daheimbleiben könnten. Trotzdem kommen sie jeden Tag. Sogar Charlie. Unfreiwillig ist Tess doch Teil der Klasse geworden. Das stille, etwas seltsame Mädchen aus Stockholm, das vielen in der Klasse das Gefühl gibt, dass da draußen noch eine andere Welt existiert, die auf sie wartet. Tess filmt Unterhaltungen und schafft es oft, die Clips dann so zu schneiden, dass etwas ganz anders rauskommt. Viel bescheuerter und meistens ziemlich witzig. Typische Liv-Clips eigentlich. Jetzt, wenn sie so im Gras sitzen, lehnt sich immer irgendwer rüber zu Tess, um zu sehen, was der letzte Clip war. Alle schreien, dass sie es hassen, sich selbst zu sehen, und lieben es total. Es vergehen viele Stunden, in denen Tess tatsächlich vergisst, dass sie eigentlich gar nicht da sein will.

„Du kommst wohl nicht zurück in unsere Klasse im Herbst", konstatiert Charlie am letzten Tag im Bus.

„Nein", antwortet Tess.

Eine unerwartete Wehmut überkommt Tess, während sie aus dem Fenster starrt und an all das denkt, das sie zurücklassen muss, wenn sie wieder umziehen. Tom, Stern, die einsamen Stunden im Haus, das Gefühl, Oma nah zu sein, den Wald, den See.

Tess blickt verstohlen zu Charlie. Würden sie Freundinnen werden, wenn sie bliebe?

„Meine beste Freundin kommt nächste Woche zu Besuch", sagt Tess. „Dann kommen wir vielleicht mal bei dir vorbei."

„Okay", sagt Charlie.

„Falls du zu Hause bist", fügt Tess hinzu.

„Ich bin meistens im Stall", meint Charlie.

„Vielleicht willst du auch gar nicht", sagt Tess.

„Drei funktionieren meistens nicht sonderlich gut", antwortet Charlie.

„Du wirst Liv mögen", verspricht Tess.

„Ich weiß nicht, ob ich's schaffe, Leute zu mögen, die nicht hier wohnen ..."

Den Rest der Busfahrt schweigen sie. Tess starrt störrisch aus dem Fenster und denkt, dass Charlie recht hat. Es ist keine gute Idee, dass sie Freunde werden. Das wird dann nur anstrengend – nur noch jemand, von dem man sich verabschieden muss und den man dann vermisst.

Die Straße ist jetzt altbekannt. Sie nähern sich Grantorp und Charlie sammelt ihre Sachen zusammen.

„Ich hoffe, dein Trainingslager wird gut", sagt Tess, als Charlie den Mittelgang entlanggeht.

„Danke." Charlie dreht sich um. „Ihr könnt ja mal vorbeikommen, wenn ihr Lust habt."

Der Misthaufen vor dem Stall dampft. Einige kleinere Kinder reiten auf dicken Ponys auf der Reitbahn, während ein älteres Mädchen an die Koppel gelehnt dasteht und sie beobachtet. Tess schaut zu den Pferden auf der Weide, denkt, dass keins von ihnen so schön ist wie Stern, und lächelt vor sich hin. Was wohl Emelie und Sara sagen würden, wenn sie wüssten, dass sie jetzt so gut wie jeden Tag reitet?

Das Wasser unter der Bäckafall-Brücke murmelt und das Grün der Bäume bildet jetzt einen Tunnel über dem Wasserlauf. Tess lehnt sich ans Brückengeländer, schließt die Augen und glaubt Omas Lachen zu hören, so wie früher als sie Richtung Gransee paddelten. Sie fühlt die eiskalten Wasserspritzer auf der Haut, als sie sich mühsam durch den brausenden Strom bei der stillgelegten Mühle arbeiten, den Geschmack von Saft und frisch gebackenen Zimtschnecken, die sie am Ufer essen. Oh, wenn Oma doch nur wirklich zurückkommen könnte! Dann würden sie wieder spielen, dass der Fluss ein Teil des Dschungels am Amazonas wäre. Dass die Kühe, die am Flussrand grasten, wilde Büffel sind und die Kröten, die im Strudel des Flusses mitschwammen, Krokodile.

Tränen laufen über Tess' Wangen, als sie auf das Haus zugeht, als sie aufschließt und sich auf das Sofa im Wintergarten wirft. Sie weint, weil Oma und sie nie wieder zusammen spielen werden. Sie weint, weil sie so dumm war, nicht zu kapieren, dass die Stunden im letzten Sommer die letzten Stunden sein würden, die sie zusammen hatten. Es tut weh, sich zu erinnern, wie sie auf dem Sofa gelegen und sich nur nach Liv gesehnt hatte, nur an die Dinge gedacht hatte, über die sie bald wieder sprechen würden. Als sie dort lag und sauer war und dachte, dass Oma alt geworden war und zu nichts mehr taugte. Wie konnte sie nur?

Als Mama heimkommt, liegt Tess noch immer im Wintergarten und weint. Die Tränen eines ganzen Winters, die es schwer machen zu atmen.

„Meine Süße", sagt Mama und setzt sich zu ihr, „ist was passiert?"

„Oma ist tot", schnieft Tess.

„Ich weiß", sagt Mama.

„Ich war so blöd zu ihr letzten Sommer", sagt Tess und weint lauter.

„Oma wusste, dass du sie liebst", tröstet Mama.

„Ich fand, dass sie albern war, mit ihren Fantasien", heult Tess.

„Oma hat das verstanden", sagt Mama. „Sie wusste, wie Teenager funktionieren."

Aber nichts, was Mama sagt, hilft. Die Trauer ist wie ein Bach im Frühling, wie ein gefrorener Fluss, der auftaut, wie Bäckafallets brausendes Wasser. Nichts hilft gegen das Gefühl, etwas verloren zu haben, das sehr wichtig war.

„Ich werde nie wieder so spielen können, wie wir es immer getan haben", schnieft Tess.

„Du kannst schon, wenn du willst", sagt Mama.

Mama hält Tess im Arm. Sie sitzen lange so da und schauen in die Sonne, die sich im See spiegelt.

„Oma hat die Zeit stillstehen lassen", sagt Tess, als die Tränen versiegen. „Unsere gespielten Abenteuer wurden echt, wenn sie dabei war."

„Liv will doch sicher irgendwas unternehmen", schlägt Mama vor.

„Ich weiß nicht", sagt Tess zögernd. „Für Liv ist die Wirklichkeit das Abenteuer."

„Für dich aber nicht?", fragt Mama.

„Manchmal", antwortet Tess und denkt an Tom.

„Gib Liv eine Chance", sagt Mama.

TOM

(träumt)

Sterns Sattel liegt eingewickelt in ein altes Bettlaken zu-
hinterst in einer Ecke im Keller. Die Sitzfläche ist voller
Flecken, weil sie mal nass geworden ist, und der Hinter-
zwiesel ist abgeschabt. Dass Tess schon frei reitet, ist
wirklich tough. Mit Sattel wird es noch viel leichter für
sie werden. Nachdem er den Sattel in eine große Tasche
gelegt hat, durchwühlt er einen Kleiderhaufen, der neben der Waschmaschine liegt. Alles ist total muffig, und
nicht mal da findet er ein Paar seiner Strümpfe. Die Wä-
scheleine ist voll mit Teas Sachen. Tom greift nach ein
paar rosa Socken, entscheidet dann aber, es bleiben zu
lassen. Die Luft im Haus ist stickig, die Küche voller dreckigem Geschirr und die Frühstücksachen stehen noch
immer auf dem Tisch. Papa liegt auf dem Sofa im Wohnzimmer und schläft. Sein Gesicht ist ganz bleich unter
den Bartstoppeln. Wann ist er so alt geworden? Tom geht
in sein Zimmer und kramt im Bücherregal, bis er „Pferde
sanft führen" findet. Das will er Tess ausleihen. Als er die
Tür hinter sich zuzieht, hat er die Tasche mit dem Sattel
und dem Buch über der Schulter. Eine Nachbarin geht in
dem Moment über die Straße, doch sie sieht ihn nicht.

Heute stehen die Pferde im Stall, obwohl draußen die Sonne scheint. Sie wiehern laut und gellend, als er die Tür öffnet, und stürzen sich auf das Heu, das er ihnen hinwirft. Als er nach dem Alten schauen will, sieht er eine leere Schnapsflasche auf dem Tisch in der Küche stehen. Der Alte liegt auf der Küchenbank und schläft, mit der Mütze tief ins Gesicht gezogen. Als Tom gegen die Scheibe klopft, hebt der Alte kurz den Kopf und flucht, dann schläft er weiter.

„Saufkopf", murmelt Tom, während er die Seile zwischen dem Stall und der Weide befestigt. Die Pferde des Alten stürmen nach draußen, als er die Türen der Boxen öffnet und sie rauslässt.

Anfangs ist Stern gestresst, weil sie nicht mit raus darf, findet sich dann aber damit ab, gesattelt zu werden, und genießt es, als Tom sie unter dem Schopf krault. Sie protestiert nicht, als er sie auf den Hof führt und aufsitzt.

„Wir müssen mal nachsehen, was Tess gerade macht", sagt Tom.

Tom macht am Waldrand, von wo aus man Aussicht über Bäckafallet hat, halt. Es ist dämmrig geworden und die Fenster sind erleuchtet. Tess liegt auf dem Sofa im Wintergarten. Dort hat er selbst mal gesessen und mit Härdis Kaffee getrunken. Sie war lustig, Tess' Oma, und sie mochte Pferde. Tom hält den Blick auf Tess gerichtet, er steht ganz still da, bis Tess aufschaut und ihn sieht.

TESS
(zwischen Tom und Liv)

Tess eilt zum Waldrand, sie nimmt den Pfad, der die Anhöhe hinter dem Haus hinaufführt. Tom ist abgesessen,
er lehnt an einem Baum und lässt Stern vom Blaubeerreisig fressen.

„Wie spät du noch unterwegs bist", sagt Tess.

„Ich hab nach dem hier gesucht."

Er macht die Plastiktüte ab, die an der Seite des Sattels
befestigt war, und reicht Tess das Buch. „Das darfst du
ausleihen."

„Pferde sanft führen?"

„Das handelt von Körpersprache", sagt Tom. „Wie du es
anstellen musst, dass dein Pferd dich versteht, dass es
dich als seinen Anführer wählt und dir folgt."

„Ziemlich dickes Buch", sagt Tess lächelnd.

„Du hast ja jetzt Sommerferien", antwortet Tom.

„Morgen kommt meine beste Freundin für eine Woche
zu Besuch", sagt Tess.

„Okay", sagt Tom.

„Sie will dich gern kennenlernen", sagt Tess.

„Dann weiß sie also, dass wir uns treffen?"

„So ungefähr", antwortet Tess und versucht, das Gefühl zu unterdrücken, dass etwas zwischen ihnen gerade schiefgegangen ist. Ist es ein Problem, dass Liv weiß, dass sie sich mit Tom trifft?

„Liv ist witzig", sagt sie. „Du wirst sie mögen."

„Ich muss allerdings für eine Weile weg", sagt Tom. „Deshalb bin ich jetzt noch mal gekommen. Damit du dich nicht wunderst."

„Wohin gehst du denn?", will Tess wissen.

„Ich muss mich um ein paar Dinge kümmern", antwortet Tom.

Sie setzen sich gegen den Baumstamm gelehnt auf den Boden und blicken auf Bäckafallet hinab. Mama und Papa gehen im Zimmer herum, das dem Wald zugewandt ist. Hin und wieder schauen sie aus dem Fenster.

„Sie wundern sich wohl, wo du steckst", meint Tom.

Tess nickt. Der Rinde des Stammes ist scharfkantig, Toms Duft ungewöhnlich beißend. Die Stille zwischen ihnen ist nicht so angenehm wie sonst immer. Als Tess verstohlen zu Tom blickt, sieht sein Gesicht verbissen aus.

„Wir sehen uns, wenn ich zurück bin", sagt er.

„Okay", sagt Tess.

„Dann wird hart trainiert."

Als Tom aufsteht, klingt er wieder wie immer. Er klopft auf den Sattel und sagt, dass er ihn für Tess mitgebracht hat. Sie streicht mit der Hand über das weiche Leder.

„Er riecht etwas streng", meint Tess.

„Schimmel", sagt Tom nickend. „Er ist nass geworden, als wir in der alten Kiesgrube gestürzt sind."

„Gruselig", sagt Tess und erschaudert.

„Es war meine Schuld", sagt Tom.

„Trotzdem."

„Du musst keine Angst haben", sagt Tom lächelnd. „Jetzt weiß Stern, dass die Ränder rund um das Wasser in der alten Kiesgrube lose sind."

Tom hält dagegen, damit der Sattel nicht verrutscht, als Tess aufsitzt. Nachdem er die Steigbügel justiert hat, damit sie die richtige Länge haben, geht er vor ihnen her in den Wald.

„Wie fühlt sich das an?", fragt er.

„Anders", antwortet Tess.

„Wie denn?"

„Als ob ich über Stern sitzen würde."

„Deshalb reite ich nicht mehr mit Sattel", antwortet Tom nickend.

Ein Gefühl von Abschied hängt in der Luft. Tess hat einen unruhigen Knoten im Magen. Ist die Magie zwischen ihnen nun gebrochen, weil sie sich nicht jeden Tag sehen werden? Wird alles anders sein, wenn sie sich wieder treffen?

„Versprich mir, dass wir uns wiedersehen", sagt sie.

„Ich will dich doch trainieren", antwortet Tom mit einem Grinsen. „Damit du dich später um Stern kümmern kannst."

„Geht es nur um Stern?" Tess weiß, dass sie das nicht fragen sollte, muss es aber wissen.

„Natürlich tut es das nicht", antwortet Tom.

Tess gleitet von Sterns Rücken und geht neben Tom her. Als er den Arm um ihre Schultern legt, will Stern auch mit dabei sein. Sie schiebt ihren Kopf zwischen die beiden und lässt nicht locker, ehe nicht beide einen Arm über ihren Mähnenkamm gelegt haben.

„Sie ist eifersüchtig", sagt Tess.

„Stern hat Angst, mich zu verlieren", meint Tom.

Tess legt die Hände an Sterns Kopf und blickt in ihre schwarzen Augen.

„Wir können auch zu dritt sein", sagt sie.

„Wir könnten später einen mehrtägigen Ausritt machen", schlägt Tom vor. „Du und ich und Stern, mit Schlafsäcken und Lagerfeuer."

„Später?", fragt Tess.

„Wenn deine Freundin wieder abgefahren ist." Tom nickt.

Sie fühlt seinen Blick im Rücken, als sie zum Haus geht. Das Versprechen einer Fortsetzung bringt ihren ganzen Körper zum Kribbeln. Im Wald schlafen? Lange weg sein und die Magie nie brechen ... nur mit Tom zusammen sein.

Als Tess in die Küche kommt, schaut Mama von dem Buch auf, das sie liest, legt es zur Seite und klopft auf den Platz neben sich auf dem Küchensofa.

„Komm, setz dich ein bisschen zu mir. Wo warst du denn?"

„Ich hab einen Spaziergang gemacht", antwortet Tess.

„Du warst vorhin so traurig, dass ich mir Sorgen gemacht hab, als du nach draußen verschwunden bist",
sagt Mama.

„Dann ist es also gefährlich zu trauern", konstatiert
Tess.

„Ich sehe ja, dass in dir drin eine Menge passiert",
meint Mama.

„Und?"

„Es ist gut, dass Liv kommt, oder?"

Tess nickt, obwohl sich der Ärger gleichzeitig wie ein
Stachel in den Magen rammt. Jetzt mischt sich Mama
schon wieder in Dinge ein, die sie nichts angehen! Sie
hat keine Ahnung davon, was während des Frühlings
passiert ist. Es ist fünf Monate her, dass Liv und sie sich
gesehen haben. Tess ist nicht mehr dieselbe, die sie damals war.

LIV
(zu viel)

Als Tess am Bahnhof ankommt, um Liv vom Zug abzuholen, sitzen einige ihrer Klassenkameraden im Café am Bahnsteig. Tess tut so, als hätte sie sie nicht gesehen, wird aber peinlich befangen, weil ihr natürlich klar ist, dass alle schauen. Natürlich tun sie das! Dann steigt Liv aus wie der schlimmste Farbschock, den man sich vorstellen kann: mit einer regenbogenfarbigen Baskenmütze auf den mittlerweile rot gefärbten Haaren. Sie wirft die Plastiktüten, die wohl ihr Gepäck sind, von sich und filmt mit dem Handy, während sie gleichzeitig Tess umarmt.

„Fünf Monate sind vergangen!" Liv drückt ihre Wange an die von Tess, schaut geradewegs in die Kamera und spricht mit ihrer Filmstimme. „Ich komme aus dem Inferno der Stadt, direkt in die Arme meiner besten Freundin."

Tess begnügt sich damit, zu lächeln und die Arme auszustrecken, damit Liv ihr einige der Tüten geben kann, die sie auf den Bahnsteig geschleudert hatte. Ein paar lila Unterhosen fallen in den Staub.

„Hast du keine Tasche?", fragt Tess, während sie die Unterhosen wieder in die Tüte drückt.

„Hab keine gefunden", antwortet Liv. „Ich hatt's tierisch eilig."

Liv filmt die Clique, die im Café sitzt und sie beobachtet. Sie filmt die Leute, die aussteigen, die Kinderwagen und Reisetaschen ausladen. Sie filmt Papa, der vor dem Bahnhofsgebäude im Auto sitzt und wartet.

„Ich muss alles dokumentieren", sagt sie, während sie auf den Rücksitz des Wagens rutscht.

„Was wird das dann?", fragt Papa.

„Eine Dokumentation über das Leben", antwortet Liv.

„Klingt spannend", meint Papa lachend.

Tess lehnt den Kopf gegen das Fenster und blickt träge auf die vorbeiziehenden Baumstämme, Äcker und Weiden. Doch Liv will wissen, wo sie sind, was sie noch machen werden, ob sie bald da sind, ob man schon baden kann, ob Tess viel gefilmt hat.

„Wir fahren nur noch ein Stück durch den Wald, dann sind wir da", antwortet Tess widerwillig.

„Tess hat dich vermisst", sagt Papa lächelnd mit einem Blick in den Rückspiegel. „Hier auf dem Land ist alles sehr viel langsamer."

„Ich sehne mich nach langsam", antwortet Liv.

Tess sagt nichts, doch sie denkt, dass Liv gar nicht weiß, was langsam überhaupt ist.

Als sie ankommen, steht Mama auf der Treppe, um sie willkommen zu heißen. Liv unterbricht das Vogelgezwitscher, indem sie aus dem Auto springt und die Stufen hinaufrennt.

„Hier ist es total schön!"

Während Liv und Mama sich umarmen, sammelt Tess alle Plastiktüten zusammen und schleppt sie ins Haus.

„Originelles Packen", witzelt Mama.

„Alle im Zug haben mich angestarrt", antwortet Liv nickend, „aber das ist mir egal. Ich will anders sein."

„Das gelingt dir absolut", sagt Mama mit einem Lächeln.

Tess spürt einen kleinen Stich Eifersucht: Liv schafft es, dass Mama klingt wie vor Omas Tod. Sie plaudern über alles Mögliche, während Mama vorangeht und Liv alle Zimmer im Erdgeschoss zeigt.

„Hier bin ich schon gewesen", sagt Liv, als sie in den Wintergarten kommen.

„Im Film", erklärt Tess, weil Mama sich wundert.

„Ach stimmt ja", sagt Mama. „Euer Filmprojekt hab ich ganz vergessen."

„Tess wohl auch", sagt Liv.

Liv soll auf einer Matratze in Tess' Zimmer schlafen. Als sie Probe liegt, entdeckt sie die Jeans unter Tess' Bett, die sie immer zum Reiten trägt.

„Oh Mann, die riecht ja total nach Pferd", sagt sie, als sie sie herausgezogen hat.

„So schlimm ist es doch gar nicht."

„Dann hast du also echt und wirklich angefangen zu reiten?", fragt Liv.

„Ich hab's ein bisschen ausprobiert", sagt Tess mit einem Nicken.

„Wie geheimnisvoll du bist", meint Liv ein bisschen spöttisch. „Wie denn ausprobiert?"

„Es gibt hier auf dem Land nicht sonderlich viel anderes, was man tun könnte", antwortet Tess.

Das mit dem Reiten hängt zwischen ihnen in der Luft, doch Liv lässt das Thema fallen, als Tess vorschlägt, hinunter zum See zu laufen.

Unten am Steg gehen sie in die Hocke und testen das Wasser, doch das ist noch immer eiskalt.

„Wenn du Lust hast, können wir angeln", schlägt Tess vor.

„Mit einem Wurm am Haken?", fragt Liv.

„Ja, klar, wenn wir einen Fisch fangen wollen", antwortet Tess.

„Das schaff' ich nicht", meint Liv.

Sie legen sich stattdessen bäuchlings auf den Steg und schauen den kleinen Fischen zu, die um die Pfeiler schwimmen.

„Ich überlege ernsthaft, ob ich Veganerin werden soll", sagt Liv.

„Dann isst du wohl nur noch Gemüse", meint Tess.

„Und Süßigkeiten." Liv grinst.

„In fast allen Süßigkeiten ist Gelatine und die kommt von Tieren", sagt Tess.

Liv dreht sich auf den Rücken und blinzelt in die Sonne. Tess denkt, dass noch immer 300 Kilometer zwischen ihnen sind. Obwohl sie nebeneinander auf dem Steg von Bäckafallet liegen.

„Bist du auf dem Pferd des Indianerjungen geritten?", fragt Liv.

„Versprich mir, dass du Mama und Papa nichts davon erzählst", bittet Tess.

„Warum das denn?"

„Ich will nicht, dass sie das wissen", antwortet Tess.

„Ich sag nichts", verspricht Liv.

Obwohl sie sich selbst geschworen hat, die Erlebnisse mit Tom niemals mit jemandem zu teilen, sprudelt es aus Tess heraus, während Liv ihr gegenübersitzt, und die Freundschaft zwischen den beiden nimmt wieder Gestalt an. Es ist irgendwie wunderbar, Tom real werden zu lassen, indem sie von ihm erzählt.

„Wir haben uns im letzten Monat fast jeden Tag getroffen", sagt Tess. „Er bringt mir das Reiten bei und will, dass ich ihm helfe, sich um Stern zu kümmern, falls er mal nicht kann und so."

„Stern?"

„Ja, das ist der Name von seinem Pferd."

„Ich will auch mal reiten."

„Er ist diese Woche weg", sagt Tess.

Liv schaut Tess an, während sie den Kopf zur Seite neigt.

„Bist du in ihn verliebt?", fragt Liv.

„Ich mag ihn", antwortet Tess. „Er ist anders."

„Wie, anders?"

„Er weiß so viel über den Wald", antwortet Tess ausweichend. „Und er liebt sein Pferd über alles."

Liv sitzt einen Moment still da.

„Du kommst nicht zurück in die Stadt", sagt sie dann.

„Natürlich komm ich zurück", antwortet Tess.

„Nein", sagt Liv und deutet mit dem Arm um sich herum. „Du gehörst jetzt hierher."

TESS UND LIV
(das Abenteuer)

Liv will alles über Tess' und Omas Fantasiewelt wissen. Davon zu erzählen, erweckt Tess' Kindheitserinnerungen zum Leben.

„Wir machen einen Dokumentarfilm", schlägt Liv vor.

„Und wie?", fragt Tess.

„Wir gestalten eure Abenteuer, sodass sie ewig leben."

„Aber Oma kann ja nicht mehr dabei sein."

„Wir vermischen Animation mit Voice-over, Landschaft und Bildern von ihr, das wird funktionieren."

Livs Energie färbt ab und plötzlich ist alles möglich. Der große Tisch im Esszimmer wird zum Arbeitsplatz. Bald ist er von vielen Post-it-Zetteln bedeckt, auf denen unterschiedliche Szenen beschrieben sind. Die beiden schieben die Post-Its hin und her. Sie entscheiden sich für das Abenteuer, bei dem der Fluss von Bäckafallet Teil des Amazonas war. Dann, nachdem Mama den VHS-Film gefunden hat, den sie damals gedreht hat, und sie eine 10-jährige Tess sehen, wie sie im Bug des Kahns steht und den Amazonas hinunterpaddelt, wird es magisch. Omas Gesicht ist lebendig und ihr warmes Lachen füllt den Raum. Beide haben Tropenhelme und Khaki-Klei-

dung an. Tess trägt außerdem ein Lederholster mit einer
Pistole.

„Wie der schlimmste Indiana Jones", sagt Liv lachend.

„Sie konnten ganze Tage lang wegbleiben", berichtet
Mama. „Wenn sie zurückkamen, erzählte Tess von Kro-
kodilen, Affen, Papageien und Nashörnern, die sie entlang des Flusses gesehen hatten."

„Wir haben auch Eingeborene getroffen", sagt Tess und
lacht, als sie sich an die Gruppe Jugendlicher erinnert,
die auf dem Hügel in Vrensjön gezeltet haben. „Oma hat
gesagt, dass wir vorsichtig sein müssen, weil sie Kanni-
balen sein könnten, aber sie haben uns zu gegrilltem
Fisch eingeladen, den sie selbst im See gefangen hatten,
und waren supernett."

Tess und Liv sind in jeder wachen Minute mit ihrem
Filmprojekt beschäftigt, und die Erinnerung an Oma, die
den ganzen Winter so schwer über dem Haus gegangen
hatte, wird hell und leicht. Statt auf Tess' Bettkante zu
sitzen und traurig zu seufzen, schwebt sie wie eine
glückliche Sommerbrise durch die Zimmer.

„Es ist so ungerecht, dass ich sie nicht kennenlernen
durfte", sagt Liv.

„Sie hätte dich gemocht", antwortet Tess.

Erst spät ziehen sie die Tür zu Tess' Zimmer hinter sich
zu, um zu schlafen, und liegen dann doch noch wach.
Die Dunkelheit ist wunderbar, wenn sie kommt. Ihre
flüsternden Stimmen bewegen sich unterhalb des Ra-

dars, wo das, was man sagt, registriert, abgewogen oder kritisiert wird.

„Wir sind frei, weil wir es wagen, frei zu sein", flüstert Liv.

„Es muss noch mehr geben als die Wirklichkeit, in der wir leben", flüstert Tess.

„Ich will nie jemand werden, der aufhört, zu denken und umzudenken", flüstert Liv. „Nie so eine, die einfach aufgibt und nur so bleibt, wie sie geworden ist."

„Ich will wie Oma sein", sagt Tess, „und glauben, dass alles möglich ist und dass es nur wir selbst sind, die die Grenzen ziehen."

„Ich will niemals sterben", seufzt Liv.

„Stell dir vor, nur unsere eigenen Ängste wären der Grund dafür, dass wir die, die tot sind, nicht sehen können", sagt Tess.

„Wie schrecklich, wenn niemand einen mehr sehen will", meint Liv.

„Ich hab keine Angst", sagt Tess. „Oma war den ganzen Winter hier, und jetzt ist sie es auch."

„Vielleicht ist sie dein Schutzengel geworden", sagt Liv.

„Sie sorgt dafür, dass alles, was ich wirklich will, möglich wird." Tess nickt.

„Dann entscheiden wir jetzt, dass wir berühmte Dokumentarfilmemacherinnen werden, die immer zusammen arbeiten", sagt Liv.

Erst als Liv eingeschlafen ist, kann Tess in das Land zwischen Träumen und Wachen gleiten. Dort trifft sie

Tom und Stern. Das Leben, das stattfinden wird, nachdem Liv wieder abgefahren ist, pulsiert in ihren Adern und Tess sehnt sich jetzt schon danach.

TOM
(und alles, was schiefgegangen ist)

Tom seufzt, als er sieht, dass auf dem Bett keine Laken liegen, ist aber zu müde, um sich aufzuraffen und neue zu holen, und kriecht stattdessen mit seinen Kleidern ins Bett. Er riecht nach Pferd und weiß, dass Mama wütend werden würde, wenn sie ihn sehen könnte. Aber egal! Sie ist ja eh nicht zu Hause. Tea hört Musik. Das Stampfen der Bässe dringt durch die Wände. Tom überlegt, ob er reingehen und sie schimpfen soll, doch auch dazu kann er sich nicht aufraffen. Wie kann ein Haus, ein Heim, so ungemütlich werden? Alle sind nur mit sich selbst beschäftigt. Es ist, als würden alle in ihrer eigenen Glaskugel herumgehen. Die Eltern müssten sich zusammenreißen. Sie sprechen ja kaum noch miteinander, und jetzt ist Mama auch noch abgehauen. Eigentlich sollte er auch gehen. Jetzt, sofort! Wenn er nur nicht so müde wäre. Tom schließt die Augen und ignoriert Teas nervige Metal-Musik, träumt sich in den Wald, raus auf Wege, auf denen nie jemand geht. Tom träumt sich hinauf aufs Plateau. Seit letztem Sommer liegt schon alles in der alten Flößerhütte bereit: Schlafsäcke, die kleine Abdeckplane, ein Gaskocher, die Angelsachen, Teebeutel, Mehl,

Salz, Zündhölzer. Was brauchen sie sonst noch? Jetzt gibt es Walderdbeeren entlang der Wege und wilde Himbeeren. Fische im See. Bald kommen die Blaubeeren. Bevor Tom einschläft, denkt er noch, dass er den Feueranzünder mitnehmen wird. Hier ist eh niemand mehr, der ein Feuer im Ofen anzündet. Irgendwo weit weg hört er Tea schniefen und die ärgerlichen Gedanken machen Platz für Mitleid. Seine kleine Schwester! Sie ist doch erst zwölf. Seine Eltern sollten sich wirklich mal zusammenreißen!

TESS
(zwischen dem Alten und dem Neuen)

Tess und Liv sitzen im Esszimmer und schneiden animierte Bilder zusammen, als Charlie angeritten kommt.

„Ich wollte nur mal Hallo sagen", sagt Charlie, als sie auf die Veranda herauskommen.

„Cool", sagt Tess, aber es hört sich falsch an und es ist ihr vor allem unangenehm, sie zu sehen.

„Hej!", sagt Liv und winkt.

„Das ist Liv", sagt Tess.

„Charlie", sagt Charlie, während sie versucht, das Pferd dazu zu bekommen, stillzustehen.

„Der scheint ziemliche Hummeln im Hintern zu haben", meint Liv grinsend.

„Völlig hoffnungslos." Charlie fährt das Pferd an.

„Pferde sind hier wohl der heiße Scheiß", sagt Liv.

„Das kommt drauf an, mit wem du redest", antwortet Charlie und lächelt Tess an.

„Ja, für mich jedenfalls nicht", sagt Tess.

Tess tut so, als würde sie Livs erstaunten Blick nicht sehen, und hält den Atem an, als Liv zu Charlies Pferd geht, um es zu streicheln. Wenn sie jetzt bloß nicht anfängt, von Tom zu erzählen!

„Ich würde gerne mal Reiten ausprobieren", sagt Liv.

„Kommt doch später rüber zum Stall", schlägt Charlie vor. „Dann kannst du mal auf der Reitbahn reiten, wenn du willst."

„Der hier wirkt ziemlich wild", meint Liv.

„Dexter ist okay, solange es einen Zaun rundherum gibt", antwortet Charlie.

„Wir schaffen's zeitlich vielleicht nicht in den Stall", sagt Tess.

„Okay."

Charlie nimmt die Zügel auf und drängt das Pferd, sich rückwärts von der Veranda wegzubewegen. Jetzt hat sie wieder diesen verschlossenen Gesichtsausdruck. Der, den Tess gewohnt ist.

„Natürlich schaffen wir's", sagt Liv, doch da ist Charlie schon vorne auf dem Weg und Liv muss rufen. „Wann sollen wir kommen?"

„Kommt um drei!" Charlie hebt die Hand, als sie über die Brücke reitet und auf dem Pfad verschwindet.

„Cooles Mädel", sagt Liv.

„Sie ist ziemlich komisch", sagt Tess.

„Du auch." Liv sieht Tess an. „Du reitest doch auch."

„Es müssen nicht immer alle alles wissen", sagt Tess.

Jetzt breitet sich ein Lächeln über Livs Gesicht aus.

„Sag, wie's ist", sagt sie, „du reitest nur wegen des Indianerjungen."

„Er heißt Tom", sagt Tess, „und er reitet nicht, wie sie reitet."

„Wie reitet er denn sonst? Rückwärts, oder was?"

„Hör schon auf!", faucht Tess. „Du verstehst das nicht."

„Dann erklär's mir halt."

„Sie hat ihr Pferd gezwungen, das zu tun, was sie wollte", sagt Tess. „Tom bittet Stern stattdessen."

„Also sagt er so was wie ‚bitte, Süße, dreh um', oder was?"

„Nein, er wendet Körpersprache an", erklärt Tess.

Tess kann es nicht erklären. Es klingt einfach nur lächerlich, wenn sie das sagt, was so selbstverständlich war, als Tom darüber gesprochen hat.

„Irgendwas ist komisch mit diesem Typen", sagt Liv. „Ich finde, du solltest aufpassen."

„Du hast ihn doch nie getroffen", protestiert Tess.

„Und das werd ich auch nie, oder?", fragt Liv.

„Ich hab doch gesagt, dass er diese Woche weg ist", sagt Tess.

Man sieht es sogar Livs Rücken an, dass sie sauer ist, als sie zurück ins Zimmer geht, doch Tess bleibt trotzig auf der Treppe stehen. Liv ist so nervig, wenn sie in Fahrt kommt!

„Du wirst ihn nächstes Mal treffen, wenn du mich besuchst", sagt Tess, als sie zurück im Haus ist.

„Klar", sagt Liv und nickt, während sie den Blick auf die Bilder geheftet hat.

„Wenn du ihn mit seinem Pferd gesehen hättest, würdest du es verstehen", sagt Tess schließlich bittend zu ihrer besten Freundin.

„Es ist nichts Böses an Tom.“

„Wenn du das sagst.“

Erst später, als sie das Kajak den Amazonas hinunterpaddeln, sprechen sie wieder richtig miteinander.

„Ich würde nichts sagen, wenn ich nicht sehen würde, wie sehr du dich verändert hast“, sagt Liv.

„Du hast kein Recht, hier aufzutauchen und das einfach so zu behaupten“, findet Tess.

„Nein, ich weiß“, antwortet Liv. „Ich will wohl nur sagen, dass du vorsichtig sein sollst.“

„Und das von dir!“

„Man merkt, dass du in ihn verliebt bist, Tess“, sagt Liv.

„Und was, wenn ich das bin?“

„Jungs wollen Sex haben, vergiss das nicht.“

„Und wir wollen das nicht, oder wie?“

„Doch, schon, aber es muss fair zugehen“, sagt Liv.

„Du bist echt manchmal zu viel“, seufzt Tess.

„Versprich mir nur, dass du nichts tust, was du nicht willst“, bittet Liv.

„Natürlich mach ich das nicht.“

Tess schaut weg und tut so, als sei sie mit dem Paddel beschäftigt. Sie kämpft mit den Tränen, die heraus wollen. Es fühlt sich so unendlich traurig an, als sie erkennt, dass Liv und sie nicht mehr alles so teilen können, wie sie es bisher getan haben. Es gibt jetzt einen Platz in Tess, an den Liv nicht darf. Die Gefühle, die sie für Tom hat, gehören nur ihr. Und Tom.

TESS
(und Liv)

Das Kanu gleitet langsam den Amazonas hinunter, während Tess und Liv den Hintergrund filmen. Als plötzlich eine Herde Kühe neugierig auf sie herunterblickt und blökt, fällt Liv beinahe rückwärts aus dem Kanu.

„Wasserbüffel …", lacht Tess. „Verstehst du?"

„Scheiße, ich hab mich total erschrocken", sagt Liv und zeigt ihre zitternde Hand.

Die Biber sind an ihrem Damm zugange. Ein Elch schwimmt quer über den See, genau bei der Mündung des Flusses. Eine Kreuzotter streckt ihren Kopf heraus, um zu lauschen, aufgescheucht von den Paddelschlägen im Wasser. Kanadagänse heben von der Wasseroberfläche ab, bilden eine Formation und verschwinden über den Äckern. Eine Herde Wildschweine mit kleinen Ferkeln, die in einer Reihe traben, verschwinden blitzschnell vom Wasserrand, um sich im Wald zu verstecken. Sie sehen einen Fuchs auf dem Acker in die Höhe hüpfen. Vermutlich hat er einen Maulwurf erwischt.

„Das ist echt heftig", sagt Liv und Tess fühlt sich stolz. Als ob das Heftige etwas ist, das sie selbst erschaffen hat.

Sie überlegen, ob sie die Aufnahmen der Wildtiere verwenden, die Fantasien mit hineinschneiden sollen und sie ein Teil des Ganzen werden lassen.

„Es macht ja nichts, wenn man versteht, dass wir nur so tun als ob", sagt Liv. „Das Krasse ist doch, welche Macht die Fantasie hat und wohin sie einen bringen kann."

Sie machen eine Pause, lehnen sich zurück und lassen das Kanu einfach treiben.

„Ich bin froh, dass du hergekommen bist", sagt Tess.

„Und genervt davon", antwortet Liv.

„Das auch", gibt Tess zu. „Aber vor allem froh."

„Ich liebe es, hier zu sein", sagt Liv.

„Ich dachte, die Stille würde dich verrückt machen", meint Tess.

„Ich bin mehr, als du denkst", antwortet Liv.

Als Liv zu lachen anfängt, beginnt das Kanu zu wackeln und sie kentern beinahe. Aber das macht nichts, das Lachen ist ansteckend und hallt über den See.

„Ich hab so ein unheimlich gutes Gefühl im Bauch", sagt Liv, nachdem sie sich wieder beruhigt haben. „Beim Gedanken an den Film kribbelt es total in mir."

„Er ist aber schon ziemlich kindisch", wendet Tess ein.

„Aber das ist doch genau der Punkt", findet Liv. „Er soll das Gefühl einfangen, wie es ist, zehn Jahre alt zu sein und völlig in seiner Fantasiewelt aufgehen zu können."

„Oma war siebzig, als ich zehn war."

„Einige Menschen werden innerlich nie alt", sagt Liv.

Der Steg unterhalb des Hofs, wo Charlies Pferd steht, ist verrottet und die Hälfte liegt unter Wasser, sodass Tess und Liv ihr Boot stattdessen auf den Strand ziehen. Dort liegen tonnenweise Pferdeäpfel und alles ist voller Hufspuren.

„Ein Pferdestrand", sagt Liv.

„Wie es wohl ist, mit einem Pferd zu schwimmen?"

Tess blickt über den See und denkt an Tom, der mit Stern schwimmen will, sobald das Wasser wieder wärmer ist. Wie hatte er es noch erklärt? Man greift in die Mähne und geht einfach mit, wenn das Pferd zu schwimmen beginnt.

„Hallo!", ruft Liv. „Wohin bist du jetzt wieder verschwunden?"

„Ich hab nur über was nachgedacht."

Einige Pferde grasen auf der umzäunten Weide neben dem Pfad. Tess und Liv umrunden mehrere hohe Hagebuttensträucher und schauen über einen dampfenden Misthaufen direkt in den Stall. Charlie bugsiert eine Schubkarre heraus und man hört sie fluchen. Eine Sekunde später ist die Schubkarre umgefallen und Charlie liegt auf den Knien im Mist.

„Ein echter Scheißjob", sagt Liv zur Begrüßung.

„Haha", murmelt Charlie.

Tess und Liv gehen um den Stall herum zur offenen Tür, wo sie Charlie treffen, die inzwischen die Schubkarre wieder aufgerichtet hat. Sie ist verschwitzt und hat nasse Flecken an den Knien.

„Ich dachte nicht, dass ihr noch kommt", sagt sie.

„Haben wir doch gesagt", antwortet Liv.

„Und ihr wollt reiten, oder?"

„Ich will gerne", antwortet Liv. „Wenn du denkst, dass ich das schaffe."

„Ich kann dich führen", sagt Charlie.

Sie nimmt das Halfter vom Haken, der am Gatter der Weide angebracht ist. Als sie pfeift, trabt Dexter heran.

„Ist dir langweilig?"

Charlie streichelt mit beiden Händen über seinen Kopf, streicht den Schopf zur Seite, der das weiße Zeichen verdeckt, das aussieht, als würde es in sein Auge laufen und dazu führt, dass er aussieht, als wäre er ein bisschen verrückt.

„Er ist schön", sagt Liv. „Krass."

„Dexter ist der Beste." Charlie nickt.

Tess streicht mit der Hand über Dexters dünnes Fell, unter dem sich ein feines Adernetz ausbreitet. Während Charlie Sattel und Zaumzeug holen geht, helfen Tess und Liv einander, ihn zu striegeln. Tess lässt die Bürste durch die kurze Mähne gleiten, legt kurz ihre Wange an seinen Mähnenkamm und versucht zu spüren, wie es ihm geht. So, wie Tom es ihr bei Stern gezeigt hat. Aber Dexter bewegt sich unruhig und tritt Tess beinahe auf die Füße. Er vermittelt ihr kein Gefühl.

Als Charlie Liv in den Sattel hilft, steht Tess an den Zaun gelehnt da. Sie sieht, wie Dexter misstrauisch zu Liv blickt, während sie auf der Stelle hüpft, ohne hochzukommen. Als Liv endlich in den Sattel plumpst, bewegt er sich nervös zur Seite. „Denk an seinen Rücken", will sie rufen, tut es aber nicht.

Es ist klar, dass Liv Charlie auftaut und die beiden es superwitzig zusammen haben. Tess bemerkt, dass sie Charlie noch nie hat lachen hören, nicht so richtig jedenfalls. Das Geräusch bringt Dexter dazu, sich wie eine Krabbe zu bewegen, weg von ihr.

Als Liv eine Weile geritten ist, machen sie vor Tess halt und Charlie fragt, ob sie es auch mal probieren will.

„Vielleicht ein andermal", sagt Tess.

„Hast du Angst?", fragt Charlie.

„Nein."

„Ich versprech dir, ihn gut festzuhalten."

„Ich hab keine Angst."

„Das macht wirklich Spaß", sagt Liv.

Liv versucht, den neckisch-lustigen Tonfall beizubehalten, doch Tess blickt nur sauer zu Boden und weigert sich, mitzumachen.

„Es wäre nett, wenn die Leute einem das glauben würden, was man sagt", faucht sie.

„Ich hab doch nur gefragt."

Es ist offensichtlich, dass Charlie auch gereizt ist, als sie die Steigbügel hochbindet und die Zügel über Dexters Kopf zieht.

„Ich muss jetzt weiterarbeiten", sagt sie.

„Total nett, dass ich es mal ausprobieren durfte", sagt Liv.

Es ist völlig klar, dass Charlie die beiden nicht länger da haben will, als sie ein „Tschüß" murmelt und in Richtung Stall geht, mit Dexter im Schlepptau.

„Ich versteh nicht, was mit dir los ist", sagt Liv, als sie wieder im Kanu sitzen und abgelegt haben. „Warum bist du denn jetzt so sauer geworden?"

„Ich wollte einfach nicht reiten."

„Wenn es nicht das Pferd des Indianerjungen ist", meint Liv. „Denn mit dem geht es ja offensichtlich total gut."

„Na und?"

Jetzt ist nichts mehr von der Magie zu spüren. Nur eine Menge stachelige Gefühle und Wut. Livs Rücken ist sauer. Sie paddelt so stark, dass Tess im hinteren Teil mit Wasser bespritzt wird. Morgen, denkt Tess. Morgen fährt sie. Und dann sollen mich alle in Ruhe lassen.

TOM
(und darüber, die Türen zu schließen)

Morgendämmerung. Tom liegt auf dem Rücken im Bett, sein Blick folgt den Sonnenstrahlen, die sich hereinstehlen. Eine dünne Staubschicht bedeckt den Schreibtisch, das Fensterbrett und die Siegerrosetten, die an den Gardinenstangen darüber hängen. Das Bild von ihm und Stern ist von der Wand abgenommen worden und liegt in ein altes T-Shirt gewickelt in einer Schublade. Das Zimmer sieht verlassen aus. Tom erhebt sich mit einem Seufzer und tappt in den Flur. Er schiebt die Tür zu Teas Zimmer etwas auf, bleibt einen Moment stehen und betrachtet ihr Gesicht im Schlaf. Tom denkt an all die Dinge, die er Tea sagen sollte, weiß aber gleichzeitig, dass sie wohl nicht zuhören würde. Die Sehnsucht, selbst wieder 12 Jahre alt sein zu dürfen, trifft ihn wie ein Schlag in den Magen. Es tut so weh!

„Du schaffst alles, was du willst, Tea", flüstert Tom, als er die Tür wieder schließt.

TESS
(wird ein eigener Mensch)

Als sie zurück nach Bäckafallet kommen, steckt das Gefühl, nicht verstanden zu werden, wie ein Kloß in Tess' Hals. Liv bleibt mit Mama in der Küche. Ihre fröhlichen Stimmen sind bis in den Wintergarten zu hören. Als Papa hereinschaut, hat sich Tess auf dem Sofa eingerollt und tut so, als sei sie in ein Buch versunken.

„Was machst du?"

„Wonach sieht's denn aus?"

„Hast du dich mit Liv gestritten?"

„Wir können doch nicht dauernd zusammenhängen."

„Wie läuft's denn mit dem Film", fragt Papa und man merkt, dass er ein richtiges Gespräch in Gang bringen, Tess dazu bewegen will, sich zu öffnen.

„Gut."

„Wann ist die Premiere?"

Papas scherzhafter Ton bringt den Ärger in Tess zum Kochen.

„Wenn er fertig ist", antwortet sie.

Endlich gibt er auf und geht zurück in die Küche. Bald ist er Teil des Geplauders dort drin. Verdammte Liv! Könnte sie nicht einfach auch irgendwo still sitzen und darüber nachdenken, was dieser Tag mit ihrer Freundschaft gemacht hat? Muss sie so motiviert klingen, als sie das Ziel des Films erklärt und über die großartigen Möglichkeiten der Fantasie schwärmt? Muss sie so verdammt enthusiastisch werden, als Mama vorschlägt, sie könnten ihre Überlegungen über die Fantasie, die sie heute als 15-Jährige haben, als Vergleich mit einbauen? Als Mama, Papa und Liv sich gegenseitig die Bälle zuspielen, wie man das in den Film integrieren könnte, will Tess laut schreien. Sie steht vom Sofa auf, schließt demonstrativ die Tür zum Esszimmer hinter sich und geht ins Wohnzimmer. Ein Teil von ihr wartet darauf, dass Liv ihr folgt. Sie würden etwas Bescheuertes sagen, einen Pakt gegen die Eltern schließen und sich aussprechen. Schwören, dass ihre Freundschaft niemals zerstört werden könnte, dass es nichts ausmacht, wenn man sich manchmal streitet. Ein anderer Teil von Tess späht zum Wald hinauf und sehnt sich danach, dass Liv endlich wieder abfährt.

Der letzte Tag mit Liv neigt sich dem Abend entgegen, ohne dass die beiden sich wieder vertragen haben. Tess liegt auf dem Bett und tut so, als würde sie lesen, während Liv ihre Sachen in Plastiktüten stopft. Erst als die Nacht sie in Dunkelheit hüllt, löst sich Tess' Ärger in Tränen auf, die sie nicht stoppen kann.

„Weinst du?"

„Ich will nicht, dass du fährst." Tess schluchzt die Worte hervor.

„Das stimmt nicht", sagt Liv.

„Du verliebst dich bestimmt auch bald", antwortet Tess.

„Aber ich hab nicht vor, alles aufzugeben, nur weil ich einen Typen getroffen hab," meint Liv.

„Ich hab nicht alles aufgegeben", sagt Tess.

„Doch, das hast du", antwortet Liv, und jetzt weint sie auch. „Wenn er jetzt hier draußen stehen würde, würdest du zu ihm gehen und mich allein lassen, das weiß ich."

„Du bist meine beste Freundin", sagt Tess. „Wie, glaubst du, hab ich mich letzten Winter gefühlt, als du nie Zeit hattest zu sprechen, immer nur Filmclips geschickt und von allen erzählt hast, mit denen du immer rumhängst?"

„Was hätte ich denn tun sollen? Du warst ja nicht mehr da!"

„Ich weiß." Tess streckt die Hand nach Liv aus.

„Ich hab Angst", sagt Liv und kriecht in Tess' Bett.

„Das musst du nicht haben."

„Es ist, als ob es dir egal wäre, was mit dir passiert, Tess."

„In ein paar Wochen komm ich zu dir", verspricht Tess. „Dann machen wir unseren Film fertig und danach Karriere."

„Alles klar." Liv schluchzt und lacht gleichzeitig.

Sie schlafen nebeneinander, gebettet auf der Freundschaft, die sie durch die Unterstufe und bis hierher gebracht hat. Sicher wird sie das ganze Leben halten ...

TESS
(sich trennen und sich treffen)

Die Nacht wird zum Morgen. Bald wird es Zeit, sich zu trennen, doch das Filmprojekt, das auf dem Esstisch verteilt liegt, gibt ihnen dennoch eine Art Sicherheit, dass es weitergehen wird.

„Wir legen alles so hin, dass es einfach ist, wieder anzufangen.“

„Ich nehm alles mit, wenn ich zu dir komme.“

Sie helfen einander, die Zettel einzusammeln. Ihre Bildskizzen, die Tonfiguren, die Tess und Oma darstellen sollen – all das sieht im Morgenlicht ziemlich kindisch aus.

„Es war schön, deine Oma kennenzulernen“, sagt Liv.

„Wir haben sie zu einer Erinnerung gemacht“, antwortet Tess und nickt.

„Dann ist sie also nicht mehr länger hier?“, fragt Liv.

„Nein, es fühlt sich nicht so an.“

„Sie ist vielleicht nur so lange dageblieben, bis sie gespürt hat, dass du ohne sie klarkommst.“

„Vielleicht“, antwortet Tess.

Tess und Liv nehmen ihr Frühstück mit hinunter auf den Steg. Der Sommer ist in voller Blüte und es ist jetzt so warm, dass sie ihre Füße ins Wasser hängen können.

„In einer Woche sehen wir uns in der Stadt", sagt Liv.

„Mmh, das wird lustig", antwortet Tess.

Liv sieht Tess an und lächelt.

„Grüß den Indianerjungen von mir und richte ihm aus, dass er auf dich aufpassen soll."

„Sonst?"

„Sonst bekommt er es mit mir zu tun."

Tess bewegt die Füße im kühlen Wasser und kneift die Augen zusammen, als sie zum anderen Ufer hinüberblickt. Plötzlich sieht sie Tom, der dort mit Stern im Schlepptau entlangläuft.

„Schau!"

Liv beschattet mit der Hand die Augen und blickt in die Richtung, in die Tess deutet.

„Was ist denn da?"

„Das ist Tom", sagt Tess.

„Ich seh nur Bäume", sagt Liv.

„Aber er ist doch genau da!"

Tess hat eine steile Falte zwischen den Augenbrauen, als sie Liv ansieht.

„Bist du blind oder was?"

„Anscheinend."

Tess stellt sich hin, um besser sehen zu können, doch egal, wie angestrengt sie auch schaut, Tom und Stern sind verschwunden.

„Sie sind in den Wald gegangen", sagt Tess. „Selber schuld, du Blindfisch."

Das mit dem Blindfisch bringt Liv dazu, eine Handvoll

Wasser zu nehmen und Tess damit zu bespritzen. Daraufhin leert Tess den letzten Rest Tee aus, schöpft mit der Tasse Wasser und schüttet es über Liv. Tom ist kurzzeitig vergessen, als sich die beiden ins Wasser werfen, mitsamt ihren Klamotten. Ihr Kreischen vibriert über den See und hallt gespenstisch stark zurück.

„Ich begreife nicht, dass du dich traust, allein im Wald rumzulaufen", sagt Liv, als sie sich wieder beruhigt haben und nebeneinander auf dem Steg sitzen.

„Dort ist es sicherer als in der Stadt."

„Du alter Waldschrat …"

Plötzlich ist jede Sekunde auf dem Steg mit Liv kostbar. Die Sonne erwärmt die Gänsehaut und hüllt die beiden ein. Ein Schwanenpaar gleitet über ihre Köpfe hinweg und landet in der Bucht.

„Jetzt halten wir die Zeit an, oder?"

Liv legt sich der Länge nach auf die Brücke und schließt die Augen.

„Mmh", murmelt Tess.

Liv kann mit Mama fahren, die zur Arbeit muss. Tess hilft ihr, die Plastiktüten zu verstauen, bleibt auf dem Hof stehen und winkt, während sie losfahren. Als das Auto außer Sichtweite ist, dreht sich Tess um und geht ins Haus. Wie still es ist! Warum hat sie Liv nicht überredet zu bleiben? Die Frage wird beantwortet, als sie zum Wald blickt und Tom sieht. Und Stern.

TESS
(endlich Tom)

Tess lässt die Tür zum Wintergarten offen und rennt zum Wald. Ein Lächeln breitet sich auf ihrem Gesicht aus und bringt sie zum Strahlen.

„Du hast meine Freundin knapp verpasst", sagt Tess.

„Schade."

„Sie hat gesagt, dass ich mich vor dir in Acht nehmen soll."

„Was hat sie noch gesagt?"

„Liv redet nonstop", antwortet Tess lachend. „Wie viel Zeit hast du?"

„So lange, wie du wegbleiben kannst."

„Wie meinst du das?"

„Wir wollten doch losziehen und ein Leben in der Wildnis führen", grinst Tom. „Oder nicht?"

Tom hat sein wuscheliges Haar zu einem Pferdeschwanz zusammengebunden, doch trotz der Wärme hat er noch immer seinen Wollpulli an.

Livs Warnungen hallen in Tess wider. Ist er jemand, vor dem sie sich hüten muss? Der Gedanke macht es unangenehm, in seiner Nähe zu sein.

„Du musst keine Angst haben", sagt Tom, als hätte er

ihre Gedanken gelesen. „Stern und ich würden dir nie wehtun."

„Ich weiß", sagt Tess, doch sie fühlt sich falsch.

Jetzt hat Stern genug davon, still dazustehen und zu warten. Sie presst sich gegen Toms Rücken und schubst ihn sanft.

„Hej, hör auf damit!" Tom lächelt, als er Stern spielerisch anboxt, um sie einige Schritte zurückzutreiben. Es ist ein Lächeln, dass seine bleichen Gesichtszüge zum Leuchten bringt. Ein Lächeln, das den Klumpen in Tess' Magen auflöst.

„Liv und ich waren gestern auf Grantorp."

Tom streichelt über Sterns Stirn und krault sie unter der Mähne.

„Du kennst vielleicht Charlie, die ihr Pferd dort stehen hat."

„Es ist schon ziemlich lang her, seit ich sie zuletzt getroffen hab", antwortet Tom.

„Liv durfte auf ihrem Pferd reiten."

„Aber du nicht?"

„Es sah nicht so aus, als würde es Spaß machen", sagt Tess.

„Nicht so viel Spaß, wie auf Stern zu reiten?", fragt Tom und lächelt erneut.

„Genau."

„Ich hab überlegt, vielleicht schon morgen loszuziehen. Wenn du mitkommen willst, treffen wir uns bei der verlassenen Kate."

„Ich muss erst meine Eltern fragen."

„Das wird ein Abenteuer, Tess", verspricht Tom. „Wenn du willst, kannst du mit Stern schwimmen."

„Gruselig", antwortet Tess und schüttelt sich.

„Sie wird sich um dich kümmern", sagt Tom.

„Sollen wir jetzt trainieren?"

„Nein, ich hab leider keine Zeit", antwortet Tom.

„Komm mit mir heim", beeilt sich Tess zu sagen. „Du darfst sicher zum Abendessen bleiben, wenn du willst."

„Ein andermal."

Tom schwingt sich auf Sterns Rücken. Er lehnt sich nach vorn und streicht eine Haarsträhne aus Tess' Gesicht.

„Ich hoffe, dass du kommst. Wir werden jeden Tag trainieren, und wenn wir zurückkommen, kannst du dich allein um Stern kümmern."

TESS
(was das Herz begehrt)

Tess zupft die Blütenblätter der Margerite ab, eins nach dem anderen. Tu es, tu es nicht, tu es, tu es nicht. Das letzte Blatt sagt, tu es nicht. Tess wirft den Stängel weg und pflückt eine neue Blume. Tu es! Noch eine. Tu es! Das Herz will, doch der Verstand zögert. Wenn sie es tut, muss sie lügen. Dann wird niemand wissen, wo sie ist. Wenn es gefährlich wird, kann sie niemand retten. Ihre Gedanken fahren im Kreis. Sie will, will, will bei Tom sein. Die Chance ergreifen. Sich um Stern kümmern. Ein Band zwischen ihnen knüpfen. Wenn sie das schafft, entscheidet sie sich gleichzeitig für Bäckafallet. Dann muss sie hier bleiben. Ist das nicht das Beste? Für alle? Wenn sie es nicht macht, dann …? Der Gedanke an die Stadt fühlt sich weit entfernt an. Liv und sie? So lange, bis eine sich verliebt und einen anderen Weg wählt. Ist es genau das, was sie selbst gerade tut, einen Weg wählen? Tu es!

„Ich hab überlegt, morgen schon zu Liv zu fahren", sagt Tess am Abendbrottisch. „Wenn ich darf."

„Aber du wolltest doch erst nächste Woche fahren", sagt Mama.

„Mir ist langweilig", antwortet Tess.

„Du kannst mir helfen, die Fensterrahmen zu strei-chen", meint Papa.

„Haha!"

„Ich dachte, dass du es schön findest, mal wieder ein bisschen allein sein zu können", sagt Mama.

„Aber das ist es eben nicht."

Es ist ein leichter Sieg. Mama muss arbeiten und Papa die Fenster streichen. Keiner von beiden hat etwas Besse-res anzubieten.

„Bist du sicher, dass Livs Mutter das okay findet?", fragt Mama.

„Eine Woche hin oder her spielt doch wohl keine Rol-le", antwortet Tess.

Falschheit sickert ein und übernimmt. Liv und sie ha-ben immer beieinander gewohnt, wenn sie das wollten. Das hier wird nur ein weiteres Mal sein. Als das Abendes-sen fertig ist, ist alles entschieden. Mama bringt Tess zum Bahnhof, wenn sie zur Arbeit fährt. Das Ticket kann sie am Automaten kaufen. Dann heißt es nur noch fah-ren.

„Ich geh rauf und packe", sagt Tess.

„Denk an deine BahnCard", ruft Mama ihr nach.

„Ach ja, gut, dass du das sagst", antwortet Tess.

Tess bleibt im oberen Flur stehen. Als sie runterschaut, sieht sie, dass Papa Mama zu sich herzieht und in den Arm nimmt. Sie hört leises Gekicher und Flüstern. Das

Gefühl, außen vor zu sein, sticht ihr in den Magen, doch sie unterdrückt den Impuls, zu sagen „Schön, mich eine Weile los zu sein, oder?".

Als sie in ihr Zimmer kommt, bleibt sie einen Moment auf der Bettkante sitzen und stützt den Kopf in die Hände. Ihr Verstand sagt ihr, dass sie falsch ist und lügt, während das Herz schreit, dass sie diese Chance ergreifen muss. Ihre Reithose, einen dicken Pulli, Unterwäsche, Strümpfe. Tess zögert, während ihre Hand in die Schublade mit den Strümpfen greift. Entscheidet sich, zwei Paar mitzunehmen und lächelt. Ein paar T-Shirts und den Bikini, das muss reichen.

Am nächsten Morgen, als Mama ruft, dass das Frühstück fertig sei, kramt Tess einen alten Block hervor, reißt eine leere Seite raus und schreibt:

> Wenn ihr das hier lest, wisst ihr, dass ich nicht bei Liv bin. Entschuldigt, dass ich gelogen habe, aber ich wusste, dass ihr Nein sagen und nicht verstehen würdet, wie wichtig das für mich ist. Ich bin nicht allein und ich bin im Wald. Die Natur kümmert sich um mich. Erinnert ihr euch? Das hat Oma immer gesagt. Ich bin bald zurück.
> Dicker Kuss, Tess

Tess liest noch einmal, was sie geschrieben hat, bevor sie das Blatt zusammenfaltet und unter ihr Kopfkissen stopft. Das muss reichen. Sie werden es ja doch niemals finden müssen.

„Macht ihr jetzt den Film fertig?", fragt Mama, nachdem Tess sich an den Küchentisch gesetzt hat.

„Was?"

„Guten Morgen!", sagt Mama lachend. „Liv, die Stadt, der Film?"

„Ach ja, genau." Tess schüttelt den Kopf und lächelt. „Ich schlaf wohl immer noch ein bisschen."

„Der wird sicher gut werden", meint Mama.

„Was?", fragt Tess erneut.

„Der Film, Tess!", seufzt Mama.

„Ich kann gerade nicht reden."

Tess kaut auf dem Brot herum, das in ihrem Mund immer weiter anwächst.

„Du bist ja ganz weggetreten", sagt Mama.

„Ich wach bald auf", antwortet Tess und gähnt ausgiebig. In Gedanken steht sie schon bei der verlassenen Kate und wartet auf Tom. Was, wenn er nicht kommt? Was soll sie dann tun? Erst als sie mit Mama im Auto sitzt, wird ihr die gesamte Tragweite ihrer Lüge bewusst.

„Wir wollen den Film für einen Wettbewerb einschicken, wenn er fertig ist", erzählt sie da.

„Ich bin stolz auf euch."

Mama legt ihre Hand auf Tess' Knie und drückt es.

„Ihr seid großartig zusammen, du und Liv."

„Liv ist die Coole", antwortet Tess.

„Das sehe ich nicht so", sagt Mama.

Es bleiben noch zehn Minuten, bis der Zug abfährt, und Mama will parken, um Tess hinterherwinken zu können.

„Hör auf, so zu klammern", sagt Tess.

„Du bist so erwachsen geworden. Ich vermisse dich", sagt Mama.

„Ich bin doch da."

Tess unterdrückt ihre Genervtheit und löst ihren Gurt.

„Deine Arbeitszeit fängt an", sagt sie und deutet zur Uhr am Bahnhofsgebäude.

„Lass dich drücken", sagt Mama.

Tess lehnt sich über die Gangschaltung und umarmt Mama hastig. Das muss reichen. Der Kuss, den Mama ihr aufdrückt, landet auf ihrer Schläfe und hinterlässt ein Brandzeichen der Schuld.

„Wir sehen uns in einer Woche." Tess will die Autotür zuschlagen.

„Versprich mir, dass du von dir hören lässt", sagt Mama.

„Na klar."

„Ich hab dich lieb."

„Ich dich auch."

Tess dreht sich um, als sie auf dem Treppenabsatz angekommen ist, und sieht dem Auto hinterher, das entlang der Bruksgatan verschwindet. Als es außer Sichtweite ist, geht sie die Treppen wieder hinunter, in Richtung Bushaltestelle. Sie hat die Abfahrtszeiten recherchiert: In einer Viertelstunde geht einer, der an der Haltestelle von Bäckafallet hält. Sie tut es wirklich.

TOM
(auf dem Weg)

Die Pferde stehen jetzt auf der großen Sommerweide, am Saum des Gewässers, und fressen vom frischen Schilfgras. Als Stern Tom entdeckt, stakst sie durchs Wasser, um ihm entgegenzulaufen.

„Geht es euch gut?"

Tom krault sie an der Stirn, er legt sein Kinn an ihr Maul und genießt ihren warmen Atem. Stern geht es so viel besser, seit sie den ganzen Tag draußen sein kann. Sie hat an Gewicht zugelegt und ihr Fell hat etwas von seinem alten Glanz zurück. Nur ihre Hufe bereiten ihm noch immer Sorge. Sie sind viel zu lang und an den Kanten abgebrochen. Der Hufschmied hätte sich schon längst darum kümmern müssen.

Tom schließt das Gatter hinter sich und verknotet das Seil, das es verschlossen hält. Drei doppelte Knoten. Es ist völlig klar, dass der Alte nicht mal daran denkt, irgendwann in naher Zukunft eins der Pferde von der Weide zu holen. Es scheint ihn nicht zu kümmern, ob sie leben, oder nicht …

Stern wartet geduldig, bis Tom fertig ist. Sie schnappt sich einige Grashalme und kaut träge darauf herum.

Als Tom aufgesessen ist, wiehert sie ein paarmal laut. Die alten Arbeitspferde antworten ihr, danach wird es still.

Der Sattel ist unter einigen alten Arbeitsgeschirren im Stall hängen geblieben. Tess will lieber ohne Sattel reiten und er braucht ihn nicht länger. Das ist gut. Je weniger Dinge zu schleppen sind, desto besser. Eigentlich braucht er auch keine Trense, aber er zieht sie Stern dennoch über. Tess muss alles von Grund auf lernen. Danach kann sie selbst auswählen. Ob sie wohl kommt? Der Zweifel liegt schwer im Magen, als Tom auf Stern vom Hof trabt. Sterns Zukunft steht auf dem Spiel. Wenn Tess ihm nicht helfen will, weiß er nicht, wie es weitergehen soll.

Auf den ungenutzten Wiesen wachsen Schlüsselblumen, Glockenblumen und Vergissmeinnicht. Man sieht den Weg kaum vor lauter Blumenpracht. Es ist schon ewig her, seit hier Tiere gegrast haben. Die Sonne breitet Wärme in Toms Körper aus und beim Gedanken an all die Vorsommer-Sträuße, die er gepflückt und zu Mama heimgebracht hat, steigen ihm Tränen in die Augen. Schnell wischt er sie mit der Hand weg. Es ist, wie es ist, und Weinen bringt doch nichts.

„Ich muss mich auf Stern konzentrieren", sagt Tom laut und bringt sich so selbst wieder zurück zur Fürsorge für sein Pferd. Er muss es schaffen, dass Stern ein besseres Leben bekommt als bei dem Alten. Nicht noch ein Winter dort!

TESS
(schwarz-weiße Lügen)

Gerade als der Bus aus der Haltestelle fahren will, kommt Charlie angerannt.

„Fahr!", zischt Tess leise, doch der Busfahrer hält an und lässt Charlie einsteigen.

„Na, hast du's eilig, zu deinem Pferd zu kommen?", scherzt er.

Charlie sieht genauso sauer und verschlossen aus wie schon den ganzen Winter, als sie den Mittelgang entlanggeht. Tess rutscht tiefer in ihren Sitz, schließt die Augen und tut so, als hätte sie sie nicht gesehen.

„Wo bist du gewesen?", fragt Charlie und setzt sich selbstverständlich neben Tess.

„Nirgends", murmelt Tess.

„Sorry, dass ich gefragt hab."

„Ich wollte mit dem Zug in die Stadt, aber ich hab was vergessen."

„Wie doof", sagt Charlie.

„Mmh."

Tess schließt erneut die Augen und mehr braucht es nicht, um Charlie zum Schweigen zu bringen. Auf diese Art ist sie klasse. Als Tess sie verstohlen von der Seite ansieht, blickt Charlie starr vor sich hin. Sie strahlt eine Einsamkeit aus, die Tess ein schlechtes Gewissen macht.

„Wir sehen uns vielleicht bald mal", sagt Tess, als Charlie aufsteht, um aus dem Bus zu steigen.

„Wenn du nicht in der Stadt bleibst", antwortet Charlie.

„Ich komm zurück", verspricht Tess.

Es ist eine Befreiung, den Waldweg zu nehmen, der in einem Bogen um Bäckafallet herumführt, die wackelige Brücke zu überqueren und weiter hinein in den Wald zu gehen. Tess bleibt einen Moment auf der Anhöhe hinter dem Haus stehen und beobachtet Papa, der auf einer Leiter vor einem der Fenster im Obergeschoss balanciert. Sie hört ihn pfeifen.

Einen kurzen Augenblick wünscht sich Tess, er würde sie entdecken, würde rufen, sie solle heimkommen – dann läuft sie schnell den Pfad weiter, der zur verlassenen Kate führt.

Tom liegt ausgestreckt auf der verfallenen Treppe. Es sieht aus, als würde er in der Morgensonne schlafen. Stern hebt den Kopf, als sie Tess kommen sieht. Sie steht wie versteinert da, bevor sie ein lautes Wiehern ausstößt, das Tom sich mit einem Ruck aufsetzen lässt.

„Da bist du ja", sagt er.

„Hast du nicht daran geglaubt?"

„Ich hab's gehofft."

„Ich will doch reiten lernen." Tess' Augen glitzern neckisch, als sie Tom ansieht. Als er die Hand ausstreckt, nimmt sie sie.

„Da hab ich ja Glück."

„Und Stern erst", sagt Tess lächelnd.

„Stern weiß, um was es geht", antwortet Tom.

Tess lässt sich auf die Treppe sinken und lehnt sich mit dem Rücken gegen einen Pfosten. Sie will fragen, was es ist, das Stern weiß, fragen, wie ein Pferd etwas wissen kann, doch das Gefühl von Abenteuer nimmt überhand und alles andere erscheint ihr völlig unwichtig.

„Wir reiten heute zu zweit auf ihr", sagt Tom.

„Schafft sie das?", fragt Tess.

„Ja, sie ist jetzt viel stärker."

Tess klettert auf einen alten Baumstumpf, der auf dem Boden liegt, um von da aus hinter Tom auf Sterns Rücken aufzusteigen. Als sie sitzt, lenkt er sie von der Lichtung auf einen der Waldwege. Am Anfang legt Tess ihre Arme um seine Taille, doch als sie sich an Sterns Gang gewöhnt hat, lässt sie los.

„Wie weit ist es?", fragt sie.

„Keine Ahnung", antwortet er. „Ziemlich weit."

Sie reiten durch den Blaubeerwald, in dem Tess mit Oma immer zum Beerensammeln war. Das Blaubeerreisig ist voller rotblauer Beeren-Knöpfe, doch es wird noch dauern, bis sie reif sind. Hier ist die Stelle mit Pfifferlingen, da der Birkenhain, in dem sie ebenfalls Pilze gefunden haben, dort wachsen Steinpilze und Braunkappen. Omas Plätze haben aus dem Wald eine Karte für

Tess gemacht. Hier ist sie, seit sie klein ist. Hier kann ihr nichts zustoßen. Das spürt sie.

„Die wollen dir nichts Böses", sagte Oma immer, wenn Tess wegen der Stiche der Mücken geweint hat, die um den schützenden Hut herumschwirrten. Jetzt hat Tess keinen Hut auf, der sie vor den Mückenschwärmen schützen kann, während sie im Schatten der mächtigen Bäume reiten.

„Ich hasse Mücken", seufzt sie.

„Ich auch", sagt Tom.

Nach einer Weile sind sie weiter geritten, als Tess jemals mit Oma gelaufen ist. Sie gehen im Schritt an einer verfallenen Holzhütte vorbei, die nur der Türrahmen aufrecht zu halten scheint, und reiten weiter entlang eines verwunschenen, zugewachsenen Binnensees. Der Pfad ist weich, man hört kaum das Geräusch von Sterns Hufen. Ein Eichhörnchen flitzt einen Baumstamm hinauf, bleibt auf halbem Wege stehen und scheint sie zu beobachten. Stern ist diesen Weg schon viele Male gegangen und trottet mit halb geschlossenen Augen vorwärts. Als Tom etwas sagt, bewegt sie neugierig die Ohren. Doch er redet mit dem Mädchen. Das Mädchen, das sie kaum auf ihrem Rücken spürt. Was hat sie dort zu suchen?

„Wie ruhig sie heute ist."

Tess streichelt über den weichen Pferderücken, verändert ihre Position und spürt, dass ihre Jeans am Po ganz verschwitzt sind.

„Stern weiß, wann sie arbeiten muss", sagt Tom.

„Und du weißt immer, was sie denkt?", fragt Tess belustigt.

„Ich hab sie, seit sie zwei ist", antwortet Tom. „Da lernt man einander kennen."

„Dann wird sie es wohl nicht mögen, wenn ich mich allein um sie kümmere."

„Das muss funktionieren", sagt Tom.

„Wir ziehen vielleicht im Herbst zurück in die Stadt", murmelt Tess.

„Warum das denn?"

„Es ist nicht so leicht, von dem fortzuziehen, was man gewohnt ist", antwortet Tess.

„Du passt besser aufs Land", sagt Tom.

„Das sagst du nur, weil du Hilfe mit Stern brauchst", neckt Tess, doch Tom macht nicht mit, sondern schweigt nur und Tess bekommt ein schlechtes Gewissen, weil sie versucht hat, einen Witz über etwas Ernstes zu machen. Dass sie lernen soll, Stern zu reiten, war doch mehr ein Spiel und eine Möglichkeit, Tom nah zu sein. Plötzlich spürt sie jedoch, wie wichtig ihm das alles ist.

„Ich hatte noch nie die Verantwortung für ein Tier", sagt sie.

Als Tom noch immer nicht antwortet, steigen ihr Tränen in die Augen und Tess bekommt beim Versuch, sie zurückzuhalten, kaum noch Luft. Geht es hier denn nur um Stern? Hat Tom sie nur deswegen mitgenommen?

„Stern kommt vor allem anderen."

Es klingt, als würde Tom Anlauf nehmen.

„Ich muss dafür sorgen, dass sie etwas zu essen hat, bevor ich selbst etwas esse. Ich trage die Verantwortung dafür, dass ihr niemand etwas antut, dass sie eine Weide hat, auf der sie stehen kann, und dass sie Hilfe bekommt, wenn ihr etwas wehtut. So ist es immer gewesen, seit ich 10 Jahre alt bin, und ich kenne es nicht anders."

Es liegt etwas unglaublich Trauriges in Toms Stimme, etwas Verlassenes auf seinem abgewandten Rücken.

„Ich hätte es niemals anders haben wollen", sagt er. „Aber jetzt brauche ich Hilfe."

„Warum bittest du nicht jemanden, der reiten kann?", fragt Tess.

„Ich will, dass du es machst", antwortet Tom.

Tess legt den Kopf an Toms Rücken. Er nimmt ihre Hände und legt sie um seine Taille. Sie sitzen so nahe beieinander, wie es nur geht, und Tess schließt die Augen.

„Es klingt so mächtig, wenn du davon sprichst", murmelt sie.

„Du wirst so viel zurückbekommen", sagt Tom. „Stern eröffnet dir eine Welt, in die du sonst niemals kommst. Und sie wird dich nie im Stich lassen."

„Stern soll bestimmen", sagt Tess. „Wenn sie lernt, mir zu vertrauen, helfe ich dir mit ihr."

Als Tess ihr Versprechen gegeben hat, hämmert ihr Puls so stark, dass sie ihn im ganzen Körper fühlt. Nimmt sie es zurück, ist alles verloren, das weiß sie.

Je weiter sie sich von der Bebauung entfernen, desto lebendiger wird der Wald. All die Geräusche, die normalerweise sofort verstummen, wenn Tiere menschliche Eindringlinge bemerken, hört man hier unablässig. Der Specht setzt sein rhythmisches Klopfen beharrlich fort, die Elchkuh und ihr Kalb äsen ruhig weiter am langen Schilfgras, der Fuchs bewacht den Bau einer Wühlmaus und lässt sich nicht stören. Stern ist ihr Deckmantel, solange sie nicht sprechen, dürfen sie durch sie ein Teil der Natur sein. Sie reiten an einem Fluss vorbei, in den ein Wasserfall so hinein donnert, dass er alle Aufmerksamkeit auf sich zieht. Ein Zweig kommt auf dem sprudelnden Wasser angerauscht, wird in die Tiefe gezogen und verschwindet. Die Kraft des Wassers ist beängstigend, doch Stern zögert nicht eine Sekunde, bevor sie sicher ihre Hufe auf den schmalen Pfad setzt, der entlang des Wassers führt. Tess sitzt dicht an Tom gedrückt und hat ihre Wange an seinen Rücken gelehnt. Die Wolle ist rau, die Reibung hinterlässt einen roten Fleck auf ihrer Wange. Nichts sonst ist wichtig.

„Wir reiten hoch zum See, der den Wasserfall speist", sagt Tom.

Ein See, der den Wasserfall speist? Tess lacht auf. „Ich hab noch nie jemanden getroffen, der so redet wie du."

Der Pfad geht in einen Hügel mit kantigen Klippen über, und Tom hält Stern an.

„Ab hier müssen wir laufen, Stern wird genug damit zu tun haben, sich auf den Beinen zu halten."

Tom zieht die Zügel über Sterns Kopf und beginnt mit ihr im Schlepptau zu klettern.

„Gibt es keinen anderen Weg, den wir nehmen könnten?" Tess' Frage geht im Donnern des Wasserfalls unter. Tom dreht sich nicht um, um zu sehen, wie Stern vorankommt, während sie ihren großen Körper von Klippe zu Klippe bewegt.

Tess will rufen, dass er anhalten soll, dass es gefährlich ist, aber nach einer Weile begreift sie, dass Stern behände ist und dass sie keine Angst vor der Herausforderung zu haben scheint.

Als sie endlich oben angekommen sind, atmet Stern schnaufend. Schweiß läuft über ihren schönen Kopf und sie zittert.

„War das anstrengend, Süße?"

Tom legt seine Wange an den Hals des Pferdes, er legt die Hände über ihre Ohren und streichelt über ihre geschlossenen Augen. „Wir sind da", sagt er dann und macht eine ausladende Geste mit den Armen.

Die Wasseroberfläche des Sees ist schwarz. Auf zwei Seiten ist er von Wald umgeben, doch in der Mitte, genau vor ihnen, öffnet sich der Wald und macht Platz für einige weich abgerundete Felsen, einen Strand und eine Wiese, auf der eine Holzhütte mit moosbewachsenem Dach steht.

„Flößer haben hier gewohnt, wenn sie im Frühling die Langhölzer auf dem Fluss transportieren mussten", sagt Tom. „Ist es nicht schön?"

„Es ist magisch", antwortet Tess und nickt.

Nachdem Stern ihre Trense losgeworden ist, legt sie sich hin und reibt sich den Schweiß aus dem Fell. Tess und Tom lachen über ihre Drehungen und Freudensprünge, die sie aufführt, nachdem sie wieder auf die Beine gekommen ist.

„Stern liebt es, hier zu sein", sagt Tom.

„Das sieht man", meint Tess lächelnd.

Tess setzt sich auf die Schwelle der Hütte und sieht zu, während Tom die Plastiksäcke, die in der Eiche vor dem Haus hängen, herunterholt.

„Alles noch da", sagt er, nachdem er den Inhalt gesichtet hat.

„Wer sollte hier etwas wegnehmen?", fragt Tess.

„Bären, oder Füchse, oder ein Maulwurf oder vielleicht sogar eine Maus", antwortet Tom mit einem Grinsen. „Du musst nicht glauben, dass man hier etwas für sich behalten kann."

„Soll ich was helfen?", fragt Tess.

„Wir brauchen Holz", meint Tom.

Es ist eine Erleichterung, eine Aufgabe zu bekommen und ein Teil dieses Ortes zu werden, den Tom und Stern so gut zu kennen scheinen. Tess sammelt mehrere Arme voller trockener Äste und Zweige, die sie dann neben der Grillstelle fallen lässt.

„Bist du oft hier?", fragt sie schließlich.

„Nicht im Winter", antwortet Tom. „Da kommt man nicht bis hierher durch."

Während Tom sich auf eine Uferseite des Sees stellt und einen Köder auswirft, den er an einer einfachen Angelleine befestigt hat, macht Tess sich mit der Umgebung vertraut. Schlafsäcke und Isomatten liegen auf einem Haufen am Boden in der Hütte. Auf einem wackeligen Tisch stehen ein Campingkocher, eine Wokpfanne und ein Eisentopf. Die Hütte ist dunkel, fühlt sich feucht an und überall liegen Mäuseköttel.

„Sollen wir hier drin schlafen?", ruft Tess.

„Nein, sonst wird Stern unruhig", antwortet Tom. „Wir schlafen am Feuer, sodass sie in unserer Nähe sein kann."

Tess wandert umher, setzt sich ans Ufer und hält die Hand in das eiskalte Wasser. Als sie ihr Handy hervorkramt, um zu sehen, ob jemand angerufen hat, sieht sie, dass sie keinen Empfang hat.

„Funktioniert dein Handy?", fragt sie.

„Ich hab keins." Tom holt die Angelleine ein, an der ein zappelnder Barsch hängt, und sagt: „Das Abendessen ist gerettet."

„Ich muss manchmal zu Hause anrufen." Tess' Herz schlägt plötzlich heftig, so heftig, dass sie Angst hat, dass man es sehen könnte. Sie strengt sich an, sich normal anzuhören, als sie hinzufügt: „Damit sich niemand Sorgen macht."

„Bekommst du Entzugserscheinungen?", fragt Tom und nickt zum Handy in ihrer Hand.

„Darum geht's nicht."

„Wenn du auf die Anhöhe rauf gehst, bekommst du

vielleicht Empfang." Tom deutet auf einen Hügel, der sich in dem lichten Wald hinter dem Haus abzeichnet.

Tess spürt seinen Blick in ihrem Rücken, als sie die Erhebung hinaufklettert, um den Empfang dort zu checken. Ist jetzt der Moment gekommen, ab dem alles schiefläuft? Wird sich Tom verändern, wenn es dunkel wird? Ist sie ihm geradewegs in die Falle getappt? Tess sitzt lange auf der Anhöhe, während sich ihre Gedanken im Kreis drehen. Soll sie abhauen? Runter vom Berg und versuchen, allein den Weg zurück zu finden?

Nach einer Weile erscheint ein kleiner Strich, der ihr signalisiert, dass sie genügend Empfang hat, um eine SMS abzuschicken.

Angekommen! :)

Keine wirkliche Lüge, nicht wirklich die Wahrheit. Tess macht das Handy aus, um Akku zu sparen, denkt, dass er einige Tage halten müsste, wenn sie das Handy nicht benutzt. Und danach …

TESS UND TOM
(in einer anderen Welt)

Der Rauch des Feuers zeichnet sich wie ein weißer Pfeiler gegen den klarblauen Himmel ab. Stern steht im Schatten neben der Hütte, sie hebt den Kopf, als Tess kommt und gibt ein leises Wiehern von sich.

Tom kniet am Ufer, um den Fisch zu reinigen, den er ausgenommen hat, und spießt ihn dann auf einen langen Metallstab. Er hat ein Gestell über dem Feuer errichtet, auf das er den Metallstab mit dem Fisch legt, bevor er erneut zum Wasser läuft, um sich die Hände zu waschen. Ein Raubvogel greift sich die Innereien, die Tom auf einen flachen Felsen gelegt hat. Tess erschauert, als sie sieht, wie der Vogel sich die blutigen Überreste mit seinen klauenartigen Füßen greift. Für den Bruchteil einer Sekunde hält sie den spähenden Blick des Raubvogels – kleine, harte Augen, die aussehen, als hätten sie nie Angst gekannt.

„Hat's funktioniert?", fragt Tom.

„Ja, ich konnte eine SMS abschicken", antwortet Tess.

Tom legt Holz auf das Feuer nach und dreht den Fisch, der langsam gegrillt wird. Dann schüttet er Wasser und Reis in einen Topf.

„Hast du schon mal unter freiem Himmel geschlafen?",
fragt er schließlich.

„Nein", antwortet Tess.

„Du wirst es mögen."

„Und was ist mit den Mücken?"

„Wir sind weit genug oben, hier gibt's keine."

Tess tut so, als sei sie vollauf damit beschäftigt, in die
Flammen zu starren, während sie aus dem Augenwinkel
die Schlafsäcke und Isomatten betrachtet, die Tom auf
ein Lager aus frischen Tannenzweigen gelegt hat. Bald
wird es Abend, dann Nacht, und dann müssen sie schlafen. All das, wovon sie geträumt hat – nahe bei Tom zu
sein, seine nackte Haut, seine Hände zu spüren –, wonach sie sich gesehnt hat, fühlt sich jetzt unmöglich an.
Ihr Körper ist steif und stumm, sie spürt kein Vibrieren,
keine Vorfreude, nur ein Gefühl, dass sie etwas versprochen hat, das sie jetzt nicht halten kann.

„Hast du Angst vor mir, Tess?" Toms Frage lässt Tess
zusammenzucken. Er sieht sie an und in seinen Augen
liegt Traurigkeit. „Woran denkst du?"

„An nichts", antwortet Tess.

„Ich würde niemals etwas tun, was du nicht willst",
sagt Tom.

Tess sieht auf und erwidert Toms Blick.

„Niemals", wiederholt er.

Langsam lässt der harte Griff um Tess nach. Als Tom
aufsteht, um nach Stern zu sehen, als er seine Stirn an
ihre legt, um leise mit ihr zu sprechen, legt sich Tess der

Länge nach auf einen der Schlafsäcke und genießt den Blick in den Himmel, der sich über ihrem Schlafplatz wölbt – hoch über der wirklichen Welt. Das schlechte Gewissen und all die unheimlichen Gedanken werden unwichtig. Sie ist da, wo sie sein will.

„Ist das nicht wunderschön?" Tom legt sich neben Tess und schaut ebenfalls zum Sternenhimmel hoch.

„Es stimmt doch, dass man ruhig davon wird, hier zu sein", sagt er.

„Du bist ziemlich anders, weißt du das?", kichert Tess.

„Wie denn?"

„Alle anderen Jungs, die ich kenne, reden über Videospiele und Sport", antwortet Tess. „Nicht darüber, wie sich etwas anfühlt und so was."

„Vielleicht liegt es an dem, was man schon erlebt hat."

Tom dreht den Kopf und sieht Tess an.

„Wie meinst du das?", fragt sie.

„Wenn man den Tod aus der Nähe gesehen hat und weiß, dass alles eines Tages zu Ende sein wird."

„Hast du das denn?"

„Ich weiß jedenfalls, dass das Leben zu kostbar ist, um nur über Videospiele zu reden."

Tom lächelt, um das, was er gerade gesagt hat, etwas abzumildern, um das Ängstliche zu vertreiben, das sich wieder in Tess' Augen geschlichen hat.

„Ich weiß, was du meinst", sagt sie nach einer Weile. „Ich hab mich verändert, nachdem Oma gestorben ist, und ich werde wohl nie wieder so, wie ich vorher war."

„Wie war das für dich?"

„Furchtbar", antwortet Tess. „Zuerst konnte ich nur an all das denken, was ich ihr noch hätte erzählen wollen, alles, was wir zusammen hätten machen wollen, die vielen Male, die ich sie um Verzeihung bitten wollte, weil ich mich in der letzten Zeit nicht so viel um sie gekümmert hab."

„All das weiß sie."

„Hm."

Tess schließt die Augen und denkt daran, was sie erlebt hat, seit sie nach Bäckafallet zurückgekehrt ist. Die Momente, in denen es sich angefühlt hat, als sei Oma wieder bei ihr.

„Du bist offen, Tess", sagt Tom. „Das mag ich so an dir."

„Wie meinst du das?"

„Du hast dich nicht von vornherein festgelegt, wie alles sein soll."

„Und du bist seltsam." Tess versucht, die Gewichtigkeit in Toms Stimme wegzulachen.

„Ich mein's Ernst", beharrt Tom. „Du hättest mich sonst niemals gesehen."

Tess dreht sich auf die Seite und rutscht näher an Tom heran. Freut sich über seinen ausgestreckten Arm, den er über ihre Seite legt und so einen Platz schafft, an dem sie nah bei ihm liegen kann. Sie mag die Vorstellung, dass er weiß, dass sie ihn sieht und dass das etwas bedeutet.

„Jetzt gibt es nur noch uns", flüstert Tom.

Das Lager auf den Tannenzweigen ist wie ein weiches

Nest. Es duftet nach Tannenreisig, Wolle, Pferd und Fisch. Flüsternd erzählt Tess von dem Parfüm, das sie einführen will, und bringt Tom dazu, laut und befreit zu lachen.

„Wie soll es denn heißen“, fragt er.

„Wild.“

„Jetzt musst du noch Fisch zu den Düften hinzufügen“, sagt Tom lachend.

„Besser nicht“, antwortet Tess.

Sie legen bis weit in die Nacht Holz auf das Feuer, liegen wach und lauschen. Das beständige Rauschen des Wasserfalls legt einen sanften Klangteppich über die Gegend. Eulen rufen und schließlich bringt ein langgezogenes Heulen die beiden dazu, sich aufzusetzen und in die Dunkelheit zu starren.

„Was war das?“ Tess sieht Tom mit ängstlichen Augen an.

„Ich weiß nicht“, antwortet Tom. „Ein Wolf vielleicht.“

„Hör auf!“

„Ist schon okay“, sagt Tom beruhigend. „Der würde nie so nah an unser Feuer kommen.“

Die Nachtluft ist kühl und feucht. Toms Finger, die durch Tess’ Haare fahren, fühlen sich auf ihrer Kopfhaut an wie Eis. Sie nimmt seine Hände in ihre, um sie zu wärmen.

„Kann man die Schlafsäcke aneinanderbauen?“, fragt sie.

„Willst du das denn?“

„Ich muss dich doch wärmen.“

TESS UND TOM
(im Paradies)

Sie erwachen von der Sonne, die auf das ausgebrannte Feuer strahlt, und liegen still in der Umarmung, die sie durch den Schlaf begleitet hat.

„Du bist noch immer kalt", murmelt Tess.

„Ich werde wohl nie wieder richtig warm", antwortet Tom.

„Sei doch nicht so dramatisch", sagt Tess lachend.

Während Tom nach Stern sieht, die auf der Wiese hinter der Hütte grast, zündet Tess das Feuer wieder an. Sie starrt in die Flammen. Sie spürt noch immer die Nacht im Körper. Das Gefühl, Tom nah zu sein, ist weich wie Baumwolle und sie denkt, dass sie nichts braucht als das. Jemals. Doch der Hunger reißt sie aus ihren Gedanken und sie steht auf, um in Toms Plastiksäcken zu kramen. Teebeutel, Zucker, Mehl und Salz. Tess schüttet Mehl und Salz in eine Schüssel und schöpft dann etwas Wasser aus dem See. Der Teig klebt an ihren Händen, bis sie ihn glatt und weich bekommen hat. Dann kann sie dünne runde Fladen formen, die sie in der Pfanne brät. Als Tom zurückkommt, hat er Stern im Schlepptau. Sie ist gesellig und schnüffelt am Frühstück, das Tess aufgetischt hat.

„Geh weg, du hast Gras zum Futtern." Tom scheucht sie fort, als sie versucht, eins der frisch gebackenen Brote zu schnappen. Beleidigt geht sie stattdessen zum See. Sie geht so weit hinein, bis alle vier Hufe im Wasser stehen, dann taucht sie ihr Maul hinein. Nachdem sie ihren Durst gelöscht hat, steht sie mit halb geschlossenen Augen da und scheint die Morgensonne zu genießen.

„Es fühlt sich an, als wären wir auf einer einsamen Insel", sagt Tess.

„Das sind wir", antwortet Tom. „Hier kommt nie jemand her."

„Die Leute wissen nicht, was sie verpassen", murmelt Tess und legt sich der Länge nach auf den Rücken.

„Wir dürfen nicht vergessen, warum wir hergekommen sind."

„Warum sind wir denn hergekommen?"

„Für einen Intensiv-Reitkurs", erinnert Tom sie.

„Stimmt ja", sagt Tess und schließt die Augen, damit Tom die Enttäuschung darin nicht sehen kann. Eine innere Stimme sagt ihr, dass sie kindisch ist. Der Plan, dass sie lernen soll, sich um Stern zu kümmern, muss ja nicht ausschließen, dass da etwas Besonderes zwischen ihr und Tom ist.

„Woran denkst du?"

„An nichts Wichtiges."

„An mich vielleicht?" Toms Tonfall ist scherzhaft.

Tess spürt, wie sie errötet, als sie die Augen aufschlägt, und sagt: „Und was, wenn ich das tue?"

Tom blickt über das schwarze Wasser und lässt Tess'
Frage unbeantwortet. Stattdessen steht er auf und geht
zu Stern, um sie einzufangen. Als er mit dem Pferd an
seiner Seite zurückkommt, ist sein Gesicht ernst.

„Ich werde nicht das sein können, wonach du dich
sehnst", sagt er.

„Du weißt nicht, wonach ich mich sehne", kontert sie.

„Sei nicht böse", antwortet er.

„Aber ich versteh dich nicht."

„Das, was wir hier sind, werden wir niemals wirklich
sein können", sagt Tom.

„Wenn wir das wollen, können wir es auch", antwortet
Tess.

„Darum geht es nicht."

„Worum geht es dann?", fragt Tess.

„Dass ich nicht ..." Toms Augen sind voller Tränen, als
er Tess ansieht. „Bitte hass mich nicht."

„Warum sollte ich das tun?"

„Es gibt so viel, was du nicht über mich weißt."

„Ich weiß genug", antwortet Tess.

Da streckt Tom die Hand aus, zieht Tess auf die Beine
und legt die Arme um sie.

„Du bist der mutigste Mensch, den ich kenne."

„Weil ich es wage, dich zu mögen?"

„Weil du es wagst, mich zu mögen", stimmt Tom zu.

Die Umarmung wird von Stern unterbrochen, die ihren
großen Kopf zwischen die beiden schiebt, und Tess lässt
ihr Lachen die Enttäuschung wegwischen, die sie darü-

ber spürt, dass der Augenblick, in dem sie sich hätten küssen können, vorüberzieht. Der Augenblick, in dem sie hätte flüstern können, dass sie weiß, dass sie ihn liebt und dass das alles ist, was zählt.

„Jetzt will ich, dass du zeigst, was du gelernt hast."

Tom greift locker in Sterns dichte Mähne, damit sie begreift, dass sie stillstehen soll. Nach zehn Versuchen schafft es Tess, Toms Art, sich auf Sterns Rücken zu schwingen, zu kopieren, und sie macht es sich dort bequem, mit dem Gefühl, es verdient zu haben, dort zu sitzen. Die Grasfläche rund um die Holzhütte ist gerade groß genug, dass Tess sowohl Trab als auch Galopp üben kann. Als Tom ihr sagt, dass sie in die Mähne greifen, sich entspannen und einfach den Bewegungen des Galopps folgen soll, zögert Tess nicht länger. Die Belohnung ist das Gefühl, zusammen mit Stern zu fliegen. Tess trainiert, die Bäume zu umkreisen sowie Stern nur mit einer Gewichtsverlagerung und dem leichten Druck in der Mähne zu lenken. Als Tom sagt, dass es für heute reicht, richtet sie sich auf und hält an.

„Ich will noch nicht aufhören!"

„Warst nicht du es, die mal gesagt hat, dass sie Reiten nicht mag?", fragt Tom scherzhaft.

„Das war nur, weil ich bis dahin noch nie richtig geritten bin."

Tess' Wangen glühen, als sie von Sterns Rücken gleitet und die Arme um ihren Hals legt.

„Ich hab noch nie ein Pferd wie Stern getroffen."

„Sie ist die Beste", sagt Tom nickend.

Tess nimmt Sterns Bürste und bemüht sich, die Spuren wegzubürsten, die sie auf Sterns Rücken hinterlassen hat. Ihr Fell ist weich und glatt, doch die gelben Flecken auf ihren Lenden gehen nicht weg.

„Wolltest du sie nicht baden?", fragt Tess.

„Das machen wir heute Nachmittag", antwortet Tom. „Du kannst mir ihr schwimmen gehen, wenn du willst."

„Ist das Wasser nicht zu kalt?"

„Das kümmert Stern nicht", sagt Tom.

Nachdem sie Stern freigelassen haben, pusselt Tess um ihre Lagerstelle herum. In der Hütte findet sie einen Besen und fegt die Vogelkacke von den Felsen. Sie scheuert die schwarz-verbrannte Wokpfanne mit Sand am Ufer des Sees und hilft Tom, die Forelle auszunehmen, die dieser gerade gefangen hat. Bald ist sie gegrillt und Tess nimmt sich mit bloßen Händen davon.

„So unglaublich lecker", sagt sie.

„Nimm die ganze", meint Tom. „Ich bin nicht hungrig."

„Du hast doch heute früh schon nichts gegessen."

„So bin ich eben." Tom zuckt mit den Schultern. „Manchmal bin ich einfach nicht hungrig."

Als nur noch Gräten übrig sind, wirft Tess die Reste in den See und legt sich rücklings auf die warme Steinplatte.

„Ich fass es nicht, dass schon Sommer ist", seufzt sie und lächelt in die Sonne.

„Solange man lebt, wird es immer wieder Sommer", sagt Tom.

„Here we go again", witzelt Tess. „Jetzt beginnt die Philosophische Stunde."

„Nur, weil du so oberflächlich bist, müssen das ja nicht alle anderen auch sein", sagt Tom und lächelt.

Tess' dunkelbraunes Haar ist ganz verwuschelt und ihre Wangen sind rußgeschwärzt. Tom übernimmt ihren scherzhaften Ton und lässt sich von der Freude anstecken, die sie ausstrahlt. Er zieht einen Grashalm heraus und lässt ihn vorsichtig über Tess' Augenlider, Wangen und Lippen gleiten.

„Hör auf!"

Tess schnappt sich den Grashalm und wirft ihn zur Seite, protestiert aber nicht, als Tom seine Lippen auf ihre legt. Genau hier will sie sein, in diesem Augenblick, wenn die Gefühle weich werden und die Zeit stillsteht.

„Wenn wir das nicht mitnehmen können, bleiben wir hier", flüstert sie.

TESS UND TOM
(und Stern)

Tess ist vom selben Glücksgefühl erfüllt, das sie immer hatte, wenn sie mit Oma spielte. Das Gefühl, dass es nichts gibt, was falsch ist. Es ist okay, kindisch zu sein, laut zu singen, barfuß über die Klippen zu springen und vor Freude zu schreien, nur deshalb, weil man es so sehr genießt, wenn die Fußsohlen auf den warmen Steinen landen.

„Du bist wie eine Berggämse."

Tom lächelt, während er in der Hocke am Ufer sitzt und Sterns Zaumzeug reinigt. Wenn Tess nicht hinsieht, reibt er sich die Augen. Wenn er nicht so müde wäre, würde er mit Tess über die Klippen springen und ihr nah sein. Er würde ihr immer nah sein.

„Jetzt bist du wieder so ernst."

Tess lässt sich neben Tom fallen, sie setzt sich ganz nah zu ihm, so nah, dass er die Wärme spüren kann, die sie ausstrahlt. So nah, dass man ihre Erwartungen greifen kann.

„Bleib immer so, wie du bist."

„Dann magst du mich also?" Tess sieht Tom mit neckischem Blick an. „So richtig?"

„Sonst hätte ich dich nicht gebeten, mit mir hierher zu kommen", antwortet Tom.

„Warst du schon immer so sicher?", fragt Tess.

„Nein, ich war früher ein Idiot."

Tom dreht den Kopf weg, er will nicht, dass Tess sieht, wie Tränen in seine Augen steigen.

„Du …" Tess fährt mit den Fingern durch sein wuscheliges Haar. Sie schließt die Augen, legt die Hände um sein Gesicht und zieht ihn zu sich.

„Ich will alles mit dir machen, Tom", flüstert sie.

„Verlieb dich nicht in mich, Tess", murmelt Tom. „Ich bin es nicht wert."

„Das ist mir egal", antwortet Tess, „ich lieb dich nämlich längst."

Salzige Tränen vermischen sich mit dem Duft von Leder an seinen rauen Händen. Tess legt ihre Wange an Toms Brust und spürt, wie die kratzige Wolle sie warm und rot werden lässt. Sie lässt ihre Hand unter seinen Pulli gleiten, folgt den Konturen seiner Rippen und streichelt seine Brust. Ein kitzelndes Schaudern breitet sich in seinem Körper aus, als sie ihre Fingerspitzen über die Seiten zu seinem Rücken wandern lässt. Er stoppt sie mit einem Kuss und solange sie seine Lippen auf ihren spürt, ist alles, was sie fühlt, wahr.

„Mund-zu-Mund-Beatmung", sagt sie, als die Magie gebrochen ist.

„Du wirst mich niemals retten können, Tess."

„Das weißt du doch nicht."

Tess setzt sich auf, schlingt die Arme um die Knie, umarmt sich selbst und denkt, dass das, was sie eben gefühlt hat, nicht falsch sein kann. Und trotzdem ist sie so unsicher. Warum nimmt Tom das, was er ihr mit Gefühlen zeigt, mit Worten wieder zurück? Was will er ihr damit sagen?

„Wolltest du nicht mit Stern schwimmen gehen?"

Tom steht auf und streckt die Hand aus, um Tess von den Klippen zu ziehen.

„Schaffe ich das?", fragt sie

„Das ist nicht schwer", antwortet Tom.

Als Stern angetrabt kommt, um zu trinken, legt Tom ihr das Halfter an und bindet eine lange Führleine fest, die als Zügel dienen soll.

„Nur, damit du sie lenken kannst, falls das nötig sein sollte", erklärt er.

Tess zieht ihre Jeans aus, behält das T-Shirt jedoch an und schwingt sich dann barfuß auf Sterns Rücken.

„Du bist eine gute Schülerin", sagt Tom lächelnd.

„Ich hoffe, ich schaffe die Schwimmlektion genauso gut."

„Halt dich an der Mähne fest", erklärt Tom. „Wenn sie den Kontakt zum Boden verliert und anfängt zu schwimmen, bleibst du auf diese Weise an ihr dran."

„Ist es dann nicht schwerer für sie zu schwimmen?"

„Im Wasser hat man kein Gewicht", antwortet Tom. „Sie bemerkt dich kaum."

Tess treibt Stern an und denkt, dass es keine Grenzen

gibt für die Abenteuer, die Tom und sie gemeinsam erleben werden. Dass sie ihm nur klarmachen muss, dass sie alles mit ihm wagt. Dass sie es kann. Dass sie keine Angst hat, wenn Stern mit staksenden Bewegungen die Beine ins Wasser setzt. Ein paar Schritte weiter heben ihre Hufe vom Grund des Sees ab. Sie schwimmt mit vorgestrecktem Hals, nur ihr Kopf ist über dem Wasser sichtbar. Tess keucht auf, als sie vom kühlen Wasser umspült wird, doch sie hält sich an Stern fest, und als ihr Körper sich an die Kälte gewöhnt hat, kommt die Euphorie. Erst als sie sich umdreht und den Abstand zum Ufer sieht, bemerkt sie, wie schwarz und grundlos der See ist.

„Komm jetzt zurück!", ruft Tom.

Tess streckt sich nach vorn, um die Führleine zu greifen, doch die Strömung des Wassers zieht Tess schräg zur Seite. Sterns Huf landet auf ihrem Knie und ein stechender Schmerz zuckt durch ihr Bein.

„Ich kann nicht!"

Das Brausen des Wasserfalls übertönt Tess' Hilferuf. Als Stern den Kopf wendet und Tess ansieht, weiß Tess: Stern hat ebenfalls Angst!

TOM
(wird zu Wasser)

Tom watet nach vorn, bis das Wasser über den Bund seiner Jeans geht, bis der nasse Stoff spannt und es schwer macht, sich zu bewegen. Sein Blick ist fest auf Tess und Stern gerichtet, als er anfängt zu schwimmen. Wie konnte das so schiefgehen?

Tess wird einige Male untergetaucht, als sie sich am kalten Wasser verschluckt, gerät sie in Panik. Der See ist kälter und die Strömung stärker, je weiter raus sie kommen, doch das Schlimmste ist die Angst in Sterns Augen, während sie hilflos Richtung Wasserfall getrieben werden.

Als Tom die nasse Führleine zu fassen bekommt, versucht er, Stern in die richtige Richtung zu ziehen. Doch erst als er ihren Kopf festhält und ihr in die Augen sieht, registriert Stern, dass er da ist, und beginnt nun ebenfalls zu kämpfen, um zurück zum Strand zu kommen.

Tess' Tränen vermischen sich mit dem Wasser, ihre Hände in Sterns Mähne sind vor lauter Verkrampftheit weiß. Was auch immer passiert, sie wird den Griff nicht lösen! Als sie sich dem Land nähern, als Stern beginnt, zielsicher zu schwimmen, schafft es Tom nicht länger, die Führleine festzuhalten, und als er sie loslässt, verschwindet er unter Wasser.

„Tom!"

Tess tritt Wasser, während sie mit Blicken alles absucht. Wo ist er nur hin? Er war doch gerade noch da!

Da sieht sie eine Strähne wuscheliges Haar, sieht, wie Tom kämpft, um wieder an die Oberfläche zu kommen, doch dass er immer wieder ebenso hastig untergeht. Alles geht so schnell! Tess taucht unter, bekommt Toms Brustkorb zu fassen und schwimmt mit ihm im Schlepptau an Land. Toms Körper, der sich im Wasser noch so leicht angefühlt hatte, wird enorm schwer, als Tess versucht, ihn auf die Klippen zu ziehen. Seine Beine hängen noch immer im Wasser, als Tess ihn am Wollpulli zieht und auf die Seite dreht. Dann sinkt sie auf die Knie und spuckt das Seewasser aus, das sie selbst geschluckt hat. Ein kleines Rinnsal läuft auch aus Toms Mund, doch sein Gesicht ist erschreckend weiß und sein Körper völlig leblos. Tess legt ihre Wange an seine Lippen, um zu spüren, ob er noch atmet. Sie nimmt ihn in den Arm und schreit: „Du darfst nicht sterben!"

Tom antwortet, indem er einen Schwall Seewasser ausspuckt, das er geschluckt hat, doch seine Lippen sind weiterhin blau und er zittert so sehr, dass er am ganzen Körper bebt. Als Tess ihm den Wollpulli auszieht, wimmert er leise.

„Stern?"

„Stern ist okay", antwortet Tess weinend mit einem

Blick auf die schnaufende Stute, die am Ufer des Sees liegt. „Sie hat es geschafft."

Die Hose klebt wie eine zweite Haut an Toms Beinen. Er reagiert nicht, als Tess seine Jeans an den Fußknöcheln fasst und zieht, bis sie rücklings fällt, mit der Hose im Arm. Die Nacktheit, die enthüllt wird, ist nicht peinlich, sondern gleichzeitig brutal und zerbrechlich: Tom ist so mager und hat riesige blaue Flecken über dem Rücken bis runter zum Po. Tess versteht, dass das etwas ist, von dem Tom nicht wollen würde, dass sie es sieht, doch sie hat keine Wahl. Um ihn wieder aufzuwärmen, muss sie ihm seine nassen Kleider ausziehen. Wenn er überleben soll, muss sie stark sein. Danach erst kann man Fragen stellen.

Tess wickelt Tom in den doppelten Schlafsack ein und schleppt ihn zur Feuerstelle. Ihre Hände zittern so sehr, dass sie es kaum schafft, das Feuerzeug anzuknipsen. Das Holz, das heute früh noch so einfach zu entzünden war, faucht bockig und geht immer wieder aus. Mit rußigen Händen reißt sie einige Grasbüschel oben am Hang aus, nimmt eine Handvoll trockener Eichenblätter und legt sich dann hin, um das Feuer von unten anzupusten. Als es in Fahrt kommt, atmet sie erleichtert auf und der Rauch, den sie dadurch in die Lungen bekommt, bringt sie so sehr zum Husten, dass sie sich erneut übergeben muss. Aber das Feuer ist entfacht und die Flammen schlagen zum Himmel, wo sich schwarze Unwetterwolken türmen.

„Es darf jetzt, verdammt noch mal, nicht anfangen zu regnen!"

Tess flucht eine Weile zum Himmel hinauf. Verdammter Mist!

Stern wird wieder aufstehen, Tom wird nicht sterben, alles wird wieder so, wie es vorher war. Doch alles Fluchen und Schreien hilft nicht. Tom atmet röchelnd und reagiert nicht, als sie seine Wange streichelt.

Stern erhebt sich stöhnend und macht einige unsichere Schritte, bis sie mit dem Kopf über Tom gesenkt stehen bleibt.

Als die ersten Regentropfen die Felsplatte treffen, muss Tess einsehen, dass sie besiegt ist. Doch es gibt keine Möglichkeit, Stern zu erklären, dass sie Tom in die Hütte bringen muss, bevor der Regen erst richtig losgeht. Als Tess unter seine Arme greift, legt Stern die Ohren an und bedroht Tess. „Rühr ihn nicht an!", scheint sie sagen zu wollen.

„Es ist nicht, wie du denkst, Stern!", ruft Tess weinend.

Als Tess sich vorbeugt, um die nasse Führleine zu greifen, beißt Stern sie in den Arm. Doch das Seil, mit dem Tom sie anfangs neben der Hütte angebunden hatte, hängt noch an der Eiche und Tess gelingt es, sie dort festzumachen. Es ist beängstigend zu sehen, wie sie sich dagegen wehrt, doch das Einzige, was Tess tun kann, ist, zu hoffen, dass es hält und dass Stern sich nicht wehtut.

Als es zu donnern beginnt, schafft Tess es gerade noch, Tom in die Hütte zu ziehen. Der Blitz schlägt irgendwo auf dem Hügel im Wald ein, doch Tess schafft es nicht, zu rechnen, wie weit weg es ist. Sie muss raus und Stern losbinden, die den Kampf gegen das Seil aufgegeben hat und mit der Nase nahe am Boden schnauft. Das Pferd zögert in der Türöffnung zur Hütte, wittert dann aber Toms Duft und schreitet hinein.

Das Feuerzeug, ein Armvoll trockenes Holz, die Isomatten und die Pferdedecke. Tess schafft es, sich unter ein Vordach zu retten, bevor der Regen heftig vom Himmel prasselt. Trotzdem muss sie noch eine Runde machen. Ihr Handy liegt noch in der Tasche der Jeans, die sie über einen Ast gehängt hatte. Tess drückt es dicht an ihren Körper, als sie zurück in die Hütte rennt, doch das hilft nichts: das Display bleibt hoffnungslos schwarz.

Der offene Kamin raucht anfangs ins Zimmer, doch dann plumpst ein altes Krähennest ins Feuer und der Durchgang zum regenschweren Himmel ist frei. Stern ist auf den Boden nahe bei Tom gesunken und reagiert nicht, als Tess sich die nassen Kleider auszieht und in den Schlafsack zu Tom kriecht.

TESS UND TOM
(keine Liebesgeschichte)

Tess hält Tom in den Armen und denkt, dass sie ihn nie loslassen wird. Atmet er? Ja, das tut er.

Sie sollte Hilfe holen, doch der Wald unterhalb des Plateaus ist riesig und sie weiß, dass sie sich verlaufen würde, wenn sie es versuchte. Tom muss sicher nur wieder warm werden. Wenn er sich eine Weile ausruhen kann, wird alles wieder wie vorher werden. Er wird seine schönen grauen Augen aufschlagen und sie lächelnd ansehen. So muss es einfach werden! Tess rutscht noch näher an Tom heran, atmet dicht an seinen Rücken gepresst und der Schlaf kommt wie eine Befreiung.

Als Tess aufwacht, ist das Feuer nur noch am Glimmen und der Regen ist weitergezogen. Es dauert einen Moment, ehe sie sich zurechtfindet, bevor das Gehirn registriert, wo sie ist, das Knie, das vor Schmerz pocht, und dann erinnert sie sich. Das schwarze Wasser und die Angst in Sterns Augen. Die starke Strömung, die sie erfasste, sie immer näher zum Wasserfall zog …

Tess beugt sich über Tom und fragt: „Wie geht's dir?"

„Tess." Toms Stimme ist schwach und zersprungen.

„Verdammt, du hast mich vielleicht erschreckt, Tom!"

„Ich weiß."

„Wir hätten sterben können."

„Ich hätte wissen müssen …", murmelt Tom.

„Stern hat einfach aufgegeben", sagt Tess mit einem Schaudern.

„Tess …"

„Ja?"

„Du musst jetzt nach Hause gehen."

„Wir gehen zusammen", antwortet Tess mit einem Nicken.

„Nein, nur du."

Toms graue Augen sind hart, als er Tess ansieht und sagt: „Wir können niemals zusammen sein."

„Aber …"

„Ich hab dich wegen Stern gebeten, mitzukommen", sagt Tom. „Das hier ist keine Liebesgeschichte, Tess."

„So hat es sich aber angefühlt, als wir im Schlafsack lagen."

„Das war nett."

„Nett?!"

„Wie eine weiche Blase", sagt Tom und nickt. „Aber ich hab nie gesagt, dass ich in dich verliebt bin, oder?"

„Man muss nicht alles mit Worten ausdrücken", flüstert Tess.

„Es war wegen Stern", sagt Tom erneut.

Alle liebevollen Gedanken, das wunderbare Prickeln, die Zärtlichkeit ins Toms Augen, das Gefühl, dass er tief in sie hineinblicken konnte … War das alles nur Fantasie?

Tess' Herz schlägt fieberhaft, als sie sich aus dem Schlafsack befreit. Die Nacktheit, die so selbstverständlich war, fühlt sich plötzlich peinlich an. Die Jeans, die sie von sich geschleudert hat, ist noch immer nass, doch sie zieht sie dennoch an.

Die Demütigung ist erstickend. Als Tess einsam draußen auf der Klippe steht, weint sie so sehr, dass sie nach Luft schnappen muss. Das Licht der Morgendämmerung liegt wie ein Schleier über dem Lagerplatz, als sie schluchzend ihre Sneakers und ein trockenes T-Shirt sucht. Das, was ihr Paradies gewesen war, sieht plötzlich aus wie ein verlassenes Lager, in dem schlampige Menschen ihre Sachen zum Verrotten zurückgelassen haben.

Als Tess Sterns lautes schrilles Wiehern hinter sich hört, hat sie schon begonnen, über die taunassen Klippen nach unten zu klettern.

„Nimm Stern mit, Tess!", ruft Tom.

„Kümmer dich doch selber um dein Scheißpferd!" Tess schreit, um das brausende Wasser zu übertönen, weiß aber nicht, ob Tom sie gehört hat. Es sieht aus, als würde er sich etwas beugen, das wehtut. Tess legt die Hand über die pochende Wunde am Arm, als sie sieht, wie Stern sich ihr zielstrebig nähert. Sie hat die Ohren dicht angelegt und sieht aus, als wäre sie ferngesteuert. Ihr Bauchgefühl sagt ihr, dass sie umkehren sollte. Zurück zu Tom, ihn umarmen und sagen, dass sie weiß, dass er das alles nicht so gemeint hat.

Doch Tom richtet sich auf und brüllt, um das Wasser zu übertönen: „Reite Stern nach Vren! Sie findet den Weg. Geh jetzt!"

TOM
(wieder allein)

Tom steht auf der Klippe und sieht Tess und Stern nach, bis sie aus seinem Blickfeld verschwunden sind. Eine kalte Einsamkeit pulsiert in ihm, sie völlig füllt jede Ritze seines Körpers.

Mit einem Seufzen beugt sich Tom herunter, um den Wollpulli aufzuheben, der auf der Felsplatte liegt, doch er ist völlig durchnässt und daher viel zu schwer, als dass Tom es schaffen könnte, ihn aufzuheben. Der Pulli wird ihn nicht länger schützen können. All das, was war, ist nun vorbei und Tom zieht sich in die Dunkelheit der Hütte zurück. Der Gedanke, dass Tess und Stern auf dem Heimweg sind, wärmt mehr als das Feuer, das er wieder entfachen kann. Sie werden es schaffen! Tess ist stark. Sie wird als Ganzes aus all dem hervorkommen. Irgendwann wird sie es verstehen und sie wird ihr Versprechen halten. Stern ist jetzt sicher! Dennoch tut es so weh.

Als Tom die Augen schließt, sieht er, wie sie aus seinem Blickfeld verschwinden, und spürt, wie sein Herz in tausend Teile zerspringt. Wieder und wieder. Es hilft nicht, den Kopf auf die Knie zu schlagen, es hilft nicht, das Gefühl wegzuwischen, dass er ihr wehgetan hat. Es geht nicht, Tess auszuradieren. Es geht nicht, das Herz zu beruhigen, das ihm bis zum Hals schlägt, weil Stern nicht mehr bei ihm ist.

TESS
(zurück in der Wirklichkeit)

Tess hält nicht an, bevor sie auf der Wiese steht, auf der der Wasserfall sich weitet. Ein Adler rüttelt in der Luft über dem Plateau und stürzt sich dann zu Boden, auf seine Beute. Tess erschaudert, als sie ihn mit seinem in den Klauen taumelnden Fang wieder in den Himmel steigen sieht.

Die Wunde von Sterns Biss pocht und ihr Knie schmerzt, wenn sie daran kommt, doch die Traurigkeit tut am meisten weh. Sie schafft es nicht länger, sauer zu sein. Sie hat keine Widerstandskraft gegen die Tränen, die zusammen mit der Scham hervordrängen. Wie konnte sie nur so dumm sein?

Sterns Instinkt sagt ihr, dass sie nach Vren muss und dass Tess mitkommt. Sie bewegt sich langsam durch die unendlichen Wälder mit den Nüstern nah am Boden. Ihre Ohren drehen sich, um Gefahr zu wittern. Sie geht mit schweren Schritten, immer weiter weg von Tom.

Tess wird von Sterns Trott hin und her gewiegt. Sie schafft es nicht, daran zu denken, dass sie ankommen werden. Schafft es nicht, zu überlegen, was sie dann tun wird. Die Unruhe wächst. Toms verächtliche Worte kann sie nicht ausradieren. Dennoch fügen sich die Augenblicke aneinander: Tom, der ihr zuflüstert, dass er froh ist, dass sie ihn gesehen hat. Tom, der ihr mit zitternder Hand über die Wange streicht. Toms tiefgraue Augen, die weich wurden, als das Feuer sie anstrahlte und es sich anfühlte, als würde er geradewegs in sie hineinblicken. Dann macht der Schrecken sich wieder breit, das Entsetzen, das sie in denselben grauen Augen gesehen hat, als sie sich dem Wasserfall näherten. Toms lebloser Körper in ihren Armen. Die Angst, als sie dachte, er würde sterben. Warum wollte er sie danach nicht mehr bei sich haben? Was war passiert?

Tess und Stern gehen über den sumpfigen, moosbewachsenen Untergrund, raus aus dem Urwald und rein in Omas Wald. Das Blaubeer-Gestrüpp, das sie dort erwartet, fühlt sich wie eine Umarmung an, wie ein Zuhause, in dem man sich sicher fühlen kann. Die verlassene Kate wird durch die Bäume hindurch sichtbar und Tess hebt den Kopf. Oh, wenn Tom doch nur dort auf den Stufen warten würde! Wenn sie die Zeit zurückdrehen könnte. Durch den Wald rennen mit klopfendem Herzen und in der Gewissheit, dass sie sich bald sehen werden.

Die Arbeitspferde auf der Sommerweide in Vren heben ihre großen Köpfe. Ihre kräftigen Schweife schlagen rhythmisch ganze Horden von hartnäckigen Fliegen fort, während sie registrieren, dass Stern zurück ist.

Tess zieht die Trense von Sterns Kopf, doch Stern bleibt an ihrer Seite stehen. Am Himmel türmen sich erneut die

Wolken, die Luft ist stickig und die Fliegen hängen in Trauben um die Augen des Pferdes. Tess schließt das Gatter hinter sich, doch als sie sich umdreht, steht Stern noch immer da und sieht ihr mit traurigen Augen nach.

„Hau ab!"

Tess wedelt mit den Armen, um sie wegzujagen, lässt den Zorn über Toms Verrat an Stern aus, und als sie schließlich die Angst in Sterns Augen sieht, ist es zu spät, den Ausbruch zu bereuen. Zu spät, die Arme um ihren Hals zu legen und zu sagen: „Danke, dass du heimgefunden hast."

Als Tess beim Hof ankommt, prasselt der Regen auf das Blechdach und in der Ferne ist ein heftiger Donnerknall zu hören. Sie schlüpft schnell in den dunklen Stall und läuft mitten in ein dicht gewebtes Spinnennetz, das sie dazu bringt, über einen Haufen Bretter zu stolpern. Ein Blecheimer rollt über den Boden. Tess hält den Atem an, während sie darauf wartet, dass der Bauer angerauscht kommt und sie fragt, was sie dort zu suchen hat. Nachdem sich ihre Augen an die Dunkelheit gewöhnt haben und Tess die schmutzigen und zerbissenen Wände der Boxen sieht, erschauert sie. Der Mittelgang ist voller alter, schimmliger Halme und in den Boxen stinkt es. Hat Tom Stern wirklich hier untergestellt?

Ganz hinten im Stallgang ist ein Raum, in dem eine leere Haferkiste und ein altes Feldbett stehen. An den Wänden hängen Zaumzeug und Sättel der Arbeitspferde. In einer Ecke liegt ein Haufen Sachen, von denen

Tess annimmt, dass sie Tom gehören. Eine blau karierte Decke, die die Ratten angenagt haben, einige Eimer mit Striegeln, auf denen „Stern" steht, eine Satteldecke, Bandagen und eine Longier-Leine. Tess nimmt ein Paar zerschlissene Chaps aus dem Haufen und bleibt mit ihnen im Arm stehen. Oh, wenn sie sich doch nur hinlegen und einschlafen könnte, und wenn sie aufwachte, wäre alles nur ein furchtbarer Traum gewesen.

Hinter dem Feldbett findet Tess eine schmutzige, uralte Steckdose und sie kramt schnell ihr Ladegerät aus dem Rucksack. Anfangs ist das Handy komplett tot, doch nach einer Weile beginnt ein Ladesymbol schwach in Rot zu leuchten – ein Schritt in Richtung altes Leben, ein Schritt weiter weg von Tom. Tess widersteht dem Impuls, den Stecker herauszuziehen und auf alles zu pfeifen. Dann piept das Telefon. Fünf verpasste Anrufe von Liv und jede Menge Nachrichten von Mama und Papa. Ihre Hände zittern, als sie sie liest, doch sie scheinen nicht dahintergekommen zu sein, dass sie gar nicht bei Liv ist. Tess setzt sich hin, das Handy auf den Knien. Wie macht man das noch mal? Wer war sie, vor den Tagen mit Tom?

Sorry Mams, Probleme mit dem Handy ... Alles gut hier. :-)
Hab dich liiiiieb, hab dich auch liiiiieb, Paps!

Die Blitze, die über den Himmel zucken, erleuchten den Stall. Tess rollt sich auf dem Feldbett zusammen, mit

Toms Chaps in den Armen und der von Ratten zerbissenen Decke als Kopfkissen. Die Dunkelheit der Nacht macht ihr keine Angst. Es ist der Tag, der auf der anderen Seite wartet, der sie zum Beben bringt.

Als Tess aufwacht, ist es noch immer Nacht. Die Stalltür knirscht und das Geräusch von schweren Stiefeln auf dem Zementboden lässt Tess auffahren.

„Wo ist dieses verdammte Gewehr?"

Der alte Mann, der durch den Stallgang getorkelt kommt, fällt gegen die Wände und flucht über Leute, die nicht aufräumen können. Die lallende, zornige Stimme kommt immer näher. Tess stellt sich auf einen umgedrehten Eimer, um aus dem Fenster zu springen, bekommt aber den Fensterhaken nicht auf. Sie will sich gerade in der alten Haferkiste verstecken, als es kracht und der alte Mann laut aufstöhnt. Als Tess die Tür ein Stück aufschiebt, liegt der Mann der Länge nach auf dem Boden und blutet aus einer Wunde an der Schläfe.

Es wäre einfach gewesen, vorbei zu schleichen, in die Sommernacht zu rennen, weg vom Hof. Doch der alte Mann jammert und das Blut pulsiert aus der Wunde.

„Fass mich nicht an!"

Der Mann faucht und wehrt sich mit den Armen, als Tess sich neben ihm auf die Knie sinken lässt, um die Wunde mit einer der Bandagen zu verbinden.

„Sie bluten, ich will nur Ihre Wunde verbinden."

„Was zum Teufel?!"

Erst als der alte Mann selbst die Hand zur Schläfe führt und das Blut bemerkt, das dort herausströmt, lässt er Tess an sich heran, klingt jedoch nicht weniger zornig, als er fragt: „Willst du mich vielleicht umbringen?"

„Sie sind über den Holzstapel gestolpert."

„Als würde ich mich nicht in meinem eigenen Stall zurechtfinden", murrt der Alte.

„Es ist ja noch dunkel", antwortet Tess.

„Ich komme hier mit verbundenen Augen zurecht", zischt er.

Der alte Mann stinkt entsetzlich, eine Mischung aus Alkohol und Urin, seine Hände sind grobschlächtig, gezeichnet von harter Arbeit und eingetrocknetem Schmutz. Er sieht jämmerlich aus, mit seinem verbundenen Kopf und den fettigen, abstehenden Haaren. Es ist nicht mehr viel von seiner Aufmüpfigkeit übrig, als er sich auf Tess stützt, um wieder auf die Beine zu kommen.

„Es ist am besten, wenn Sie sich hinlegen", sagt Tess.

„Mir hat keiner was zu sagen."

Der Alte murrt zornig vor sich hin, willigt jedoch ein, sich ins Haus helfen zu lassen, und als sie endlich drin sind, deutet er widerwillig auf das Küchensofa: „Ich sollte mich vielleicht ein bisschen erholen."

„Kommen Sie jetzt allein klar?"

Tess blickt auf das bleiche Gesicht des alten Mannes herunter, als er sich auf das Sofa gelegt hat. Er lässt die Augen geschlossen, antwortet aber: „Als wäre man nicht das ganze Leben schon allein klargekommen."

„Sie sollten vermutlich zum Arzt gehen, und die Wunde untersuchen lassen", meint Tess.

Jetzt sieht der Alte doch auf und nimmt mit unerwarteter Kraft Tess' Hand.

„Ich weiß, dass ich ein mies gelaunter alter Mann bin, aber man rächt sich nicht an einer Kreatur, die sich nicht wehren kann. Niemals lass ich den Schlachter kommen, da bring ich sie noch lieber selber um."

„Okay…?"

„Wenn ich das Gewehr gefunden hab, geh ich raus und erschieße sie." Der Alte nickt für sich selbst und schließt die Augen.

„Wen wollen Sie denn erschießen?"

„Das Pferd des Jungen", murmelt der alte Mann. „Das ist wohl das Barmherzigste."

TESS
(Beschluss)

Die Spüle ist voll dreckigem Geschirr. Auf dem Tisch steht eine Butterdose ohne Deckel, in der eine Fliege gelandet ist und jetzt feststeckt. Ein halb aufgegessenes Wurstbrot liegt neben einer leeren Bierflasche. Der Alte schnarcht mit offenem Mund. Das Blut auf der Bandage ist zu einem hellrosa Fleck eingetrocknet.

„Ist es Stern, die Sie erschießen wollen?", fragt Tess, doch der Alte antwortet nicht. Gerade, als sie gehen will, dreht er sich um. Das Schloss der Küchenbank gleitet zur Seite und durch einen Spalt kann Tess in deren Mulde sehen. Das Blitzen des Gewehrkolbens verrät das Versteck, auf das der Alte nicht gekommen ist, und Tess streckt die Hand aus, um sich das Gewehr zu nehmen, doch der Spalt ist zu schmal.

„Hau ab!"

Der Alte starrt Tess mit zusammengekniffenen, bösen Augen an.

„Stern gehört Tom", sagt Tess und richtet sich auf. „Sie haben kein Recht, sie zu erschießen."

„Und du hast kein Recht, hier zu sein."

Das Licht der Morgendämmerung hat sich in den Stall geschlichen. Tess schaudert, als sie die Rattenköddel auf dem Feldbett sieht, auf dem sie eben noch gelegen hat. Das Handy ist jetzt voll aufgeladen, doch sie bleibt mit ihm im Schoß sitzen. Könnte sie doch nur Mama und Papa anrufen, damit die sie holen. Wenn sie doch nur zu der Tess zurückkehren könnte, die sie vor Tom war. Das Mädchen, das im Wintergarten lag und von Dingen träumte, die sie mit Liv unternehmen würde. Liv! Tess drückt auf eine Filmsequenz, die Livs rote Lippen zeigt, die sich bewegen, als sie ihre Nachricht aufspricht: „Ich wandere einsam durch die staubigen, leeren Straßen der Stadt und denke an meine beste Freundin, die sich nie meldet. Meine beste Freundin, die behauptet, dass sie sich nach der Stadt sehnt, die jedoch ein Landei geworden ist, das nur an seinen Indianerjungen und sein Pferd denkt."

Tess drückt auf Antworten und Livs verschlafene, klagende Stimme am anderen Ende bringt erneut die Tränen zum Fließen.

„Mach FaceTime an", flüstert Tess.

„Weinst du?"

„Bitte, Liv, mach schon!"

Ein bleicher Arm, Livs rosa karierter Bettbezug, der knallgrüne Teppich in ihrem Zimmer – das Bild irrt herum, bis Liv sich aufgesetzt hat und Tess direkt anblickt.

„Hat dich der Indianerjunge traurig gemacht?"

„Ich dachte, dass er mich liebt."

„Hör auf zu heulen, Tess."

„Es tut so weh!"

„Tess! Reiß dich zusammen!"

„Mama und Papa glauben, dass ich bei dir bin."

„Aber du bist bei Tom?"

„Er wollte mich nicht haben, Liv!"

„Wie meinst du das, er wollte dich nicht haben?"

„Er hat gesagt, dass ich gehen soll."

„Und wo ist er jetzt?"

„Er ist noch immer im Wald."

„Im Wald?"

„Wir haben über dem Wasserfall gecampt."

„Du spinnst doch …"

„Ich bin mit seinem Pferd zurück in den Stall geritten und jetzt sagt der Alte, dem der Hof gehört, dass er sie erschießen will. Du musst mir helfen, Liv!"

Liv verspricht, dass alles gut werden wird, aber nachdem sie aufgelegt haben, ist Tess trotzdem allein in dem feuchten, stinkenden alten Stall. Liv kann nicht wissen, wie es ist, mit Sterns Trense über der Schulter zur Sommerweide zu gehen. Liv kann nicht fühlen, wie es ist, Stern verängstigt zu sehen, als Tess sich ihr nähert und versteht, dass das Vertrauen, das sie mühsam aufgebaut hat, jetzt zerstört ist. Sterns Augen sind unruhig und sie weicht vor Tess zurück, um im sicheren Abstand stehen zu bleiben.

„Du musst verstehen, wie Sterns Instinkte funktionieren." Tess glaubt, Toms Stimme zu hören, als sie auf den Boden sinkt, mit der Trense in der Hand. Jetzt weiß Tess erst richtig, was er damit meinte, und das Schuldgefühl ist überwältigend. Stern vertraut ihr nicht mehr.

Stern lässt die Augen auf das im Gras sitzende Mädchen gerichtet, ihre Ohren drehen sich wachsam, doch die böse Stimme, die sie erwartet hat, kommt nicht. Stern entspannt sich. Es ist Toms Geruch, der sie zu dem Mädchen gehen lässt, einige zögernde Schritte und Stern drückt die Nase gegen die Chaps, die Tess trägt. Sie beißt spielerisch in die Fransen und atmet ein.

„Brave Stern." Tess hebt vorsichtig die Hand, um der Stute über den Nasenrücken zu streicheln. „Du lässt mich dir doch sicher helfen?"

Die Morgensonne bringt Tess' feuchte Klamotten zum Dampfen. Sie versucht, sich daran festzuhalten, was Liv gesagt hat, aber woher will Liv wissen, dass alles okay sein wird? Liv sitzt nicht auf Stern, reitet am Stall vorbei und hat solche Angst, dass es sich anfühlt, als würde ihr Herz zerspringen. Nur Tess allein weiß, dass der Alte jederzeit angerannt kommen könnte, mit dem Gewehr in der Hand. Es ist Tess allein, die Stern antreiben muss, sie zum Pfad in den Wald hinein lenken muss, der zur verlassenen Kate führt. Stern versteht nicht, dass ihr Leben in Gefahr ist. Tess holpert auf dem Pferderücken herum, als Stern antrabt. Sie reißt Stern im Maul herum, sodass die Stute mit dem Kopf gegen die Zügel schlägt. Es ist

Tess, die nicht genug Erfahrung hat, die nicht einen Schritt voraus denkt und nicht das Knacken im Wald hört. Tess, die mit den Armen um Sterns Hals hängt, als deren Panik überhandnimmt und die Stute direkt in den Wald durchgeht. Die Baumstämme flimmern vorüber, Tess wundes Knie kracht in einen davon. Als Stern plötzlich nach links ausweicht, wird Tess beinahe abgeworfen, kann sich jedoch gerade noch halten und der Ausbruch hört genauso plötzlich auf, wie er begonnen hat.

Als Tess aufblickt, stehen Charlie und Dexter vor ihnen und blockieren den Weg.

Charlies Augen sind schwarz vor Zorn, als sie auf Stern deutet. „Wer hat dir erlaubt, sie zu reiten?"

„Der Junge, dem sie gehört", antwortet Tess, während sie sich beeilt, von Sterns Rücken zu gleiten.

„Du lügst!"

Tess hat keine Chance, als Charlie Sterns Zügel an sich reißt und mit ihr im Schlepptau davontrabt. Es ist Stern selbst, die protestiert und mit dem Kopf schlägt, um von Charlie wegzukommen. Dexter, der den Geruch von Feuer und Wildnis in Sterns verschwitztem Fell wahrnimmt, steigt. Charlie flucht, als sie die Balance verliert und sich an Dexters Hals festhalten muss. Da ruckt Stern erneut an den Zügeln und kommt frei. Schnell flieht sie auf einem der verschlungenen Trampelpfade der Wildtiere.

TOM
(wieder und wieder)

Tom ist aus der Hütte gekrochen und liegt rücklings auf den kargen Felsen. Er schließt die Augen vor der brennenden Sonne, während die Klippe, auf der er liegt, sich nach dem Unwetter erwärmt. Doch die Wärme dringt kaum in seinen eiskalten Körper vor.

Tess' und Sterns Schwimmtour, die beinahe in eine Katastrophe ausgeartet wäre, lässt ihn wieder und wieder das erleben, was im Herbst passiert ist – Stern, die nicht versteht, was er von ihr will, als sie Slidestops üben, er selbst, wie er sie ungeduldig immer näher an die Kante der mit Wasser gefüllten Grube treibt. Sie, die plötzlich nicht mehr bremsen kann. Als der Boden unter ihnen nachgibt, taumeln sie ins Wasser und alles wird zum Chaos. Sterns Hufe fuchteln und landen überall auf seinem Körper. Sein Fuß ist im Steigbügel verfangen und er versucht, sich loszureißen, während seine Lungen sich mit Wasser füllen.

Wieder und wieder erlebt er es in seiner Erinnerung und niemals kann er das, was passiert ist, verhindern. Tom weiß, dass es vorbei ist.

Der Wille, der ihn dazu gebracht hat, sich durch den

Winter zu kämpfen, ist bald erschöpft. Stern zu sehen, wie sie sich mit Tess verbindet, war ein Sieg, und doch … Tom will weinen, doch er kann nicht.

TESS
(wenn alles schwarz wird)

Tess rennt den Pfad entlang, der zum Hügelkamm hin-aufführt, von dem aus man auf das Dach von Bäckafallet blicken kann. Musik dringt aus dem offenen Küchen-fenster, Papa steht auf einer Leiter und streicht den Gie-bel und Tess hört Mama im Haus rufen: „Der Kaffee ist bald fertig!"

Tess tut das, was Liv ihr geraten hat. Sie ist wie ein fern-gesteuerter Roboter – sie geht zur Bushaltestelle, wartet und versucht nicht nachzudenken, doch Sterns pani-sches Wiehern drängt sich ihr immer wieder auf – sie hatte solche Angst, als Tess die Tür des Schuppens bei der verlassenen Kate hinter ihr schloss!

Nachdem der Bus vorbeigefahren ist, nimmt Tess ihren Rucksack auf den Rücken und tut so, als sei sie gerade ausgestiegen. Erst auf der Bäckafalletbrücke bleibt sie stehen, wie versteinert, und blickt in das rauschende Wasser.

Ist es dasselbe Wasser wie oben auf dem Plateau? Das Wasser, in dem sie fast ertrunken wäre?

Der Ton einer ankommenden SMS beendet das Gefühl, vom Wasser in die Tiefe gezogen zu werden. Mit zittern-den Händen holt Tess das Handy aus der Tasche.

Bist du zu Hause
Bald
Ruf an so schnell es geht

Tess geht entschlossenen Schrittes, wird schneller, holt Energiereserven heraus, von denen sie nicht wusste, dass sie sie hat, und beginnt zu rennen. Ihr Haar fliegt und sie lächelt, als sie zum Haus kommt und laut „Hallo!" ruft.

„Tess!" Papa lässt den Pinsel sinken, lehnt sich gegen die Leiter und lächelt. „Schatz!"

Mama hat einen Schal um die Haare gewickelt und Malerfarbe auf der Nase. Sie nimmt Tess in den Arm und fragt: „Warum hast du nicht gesagt, dass du heute kommst? Wir hätten dich doch abgeholt."

„Ich wollte euch überraschen", murmelt Tess, das Gesicht in Mamas Schulter vergraben.

„Aber ...?"

„Ich hatte Heimweh", behauptet Tess. „In der Stadt ist es im Sommer nicht so toll."

„Na endlich", sagt Papa mit einem Lachen. „Tess hat den Sinn des Ganzen verstanden!"

„Ich mal hier nur noch kurz den Rest an", zwitschert Mama.

„Kein Stress", antwortet Tess. „Ich wollte sowieso duschen und so."

Tess lächelt breit, um die Unruhe in Mamas Augen zu verscheuchen, als diese sie mustert. Die dreckigen Jeans, das zerzauste Haar, die Schmutzränder im Gesicht.

„Habt ihr euch wieder gestritten?", fragt Mama.

„Neeeein."

„Du siehst aus, als hättest du unter freiem Himmel ge-schlafen", scherzt Papa.

„Es wurde etwas stressig", antwortet Tess lächelnd. „Ihr wisst ja, wie Liv ist – viel zu tun, wenig Schlaf."

Als Tess endlich die Badezimmertür hinter sich zuzie-hen kann, lehnt sie ihre Stirn an die kalten Kacheln der Dusche und dreht das warme Wasser auf. Die Wunde am Arm ist beunruhigend rot und geschwollen, doch Tess versucht, es zu ignorieren. Mama und Papa dürfen nichts erfahren.

Die Rettung gegen die aufsteigende Angst ist Liv, die beim ersten Signal antwortet. Sie drücken auf FaceTime und Livs Augen werden ernst, als Tess ihr vom Treffen mit Charlie erzählt.

„Sobald Charlie weg war, kam Stern zu mir zurück."

„Hast du sie in dieser verlassenen Hütte versteckt?"

„Ja, aber es war schrecklich, sie dort allein zu lassen! Sie hatte solche Angst, Liv!"

„Besser das, als erschossen zu werden."

„Ich sollte sie zurück zu Tom bringen."

„Machst du Witze?"

„Es ist sein Pferd."

„Tu nichts, bis ich da bin."

Stern muss in Sicherheit sein, bis Tom zurückkommt. Tess muss Stern dazu bringen, ihr zu vertrauen, darauf zu vertrauen, dass sie sie nicht im Stich lassen wird. Es gibt keine Alternative, als weiterhin zu lügen. Der Pferdegeruch, den Mama riecht, als Tess zum Abendessen herunterkommt, stammt von Charlies Pferd – Charlie aus ihrer Klasse, mit der sie immer Bus fährt.

„Sie bringt mir das Reiten bei."

„Schön, dass ihr euch angefreundet habt", sagt Mama lächelnd. „Wie geht's ihr denn?"

„Gut."

„Es muss hart gewesen sein für Charlie", meint Mama. „Sie und Tom sind wohl immer zusammen gewesen."

„Tom?"

„Ja, Marias Sohn ...", antwortet Mama mit einem Nicken.

Tess lässt den Kopf zwischen ihre Knie sinken und tut so, als müsste sie ihre Schnürsenkel binden, während das Zimmer sich dreht und alles schwarz wird.

Charlie
(Toms Freundin)

Charlie sattelt Dexter mit ungeduldigen Bewegungen. Er reagiert bockig auf den plötzlichen Druck des Sattelgurtes und legt die Ohren an, als würde er sich gegen ihre wütende Stimme wehren. Es ist, als ob der Zorn in Charlies Innerem ein Eigenleben hätte. Der Zorn darüber, dass es ihre Schuld war, dass Tom gestorben ist. Wäre sie nicht so trotzig gewesen, wären sie gemeinsam zur Kiesgrube geritten. Dann hätte sie ihn retten können. Warum haben sie sich überhaupt gestritten? Wegen irgend so einem Quatsch mit den Pferden? Wegen etwas, das Tom gesagt hat, um sie zu ärgern? Charlie kann sich nicht mehr erinnern.

Toms Körper war mit blauen Flecken übersät, als man ihn fand. Sie sagten, er sei ertrunken, doch laut der Gerüchte hatte er die blauen Flecken von Sterns Hufen. Charlie ist sicher, dass Tom gestorben ist, weil er Stern retten wollte. Tom hätte alles für sein Pferd getan.

Charlie blinzelt die Tränen weg und unterdrückt ihre Trauer. Sie legt ihre Stirn an Dexters, um Trost zu finden, doch er schüttelt sie ab. Stern ist an allem schuld, aber an sie zu denken tut genauso weh. Stern hat kein würdiges Leben in dem dunklen alten Stall in Vren und Tom hätte gewollt, dass Charlie etwas dagegen tut. Gleichzeitig sagt die zornige Stimme in ihrem Inneren, dass Stern es gerne schwer haben soll. Dass es ihr recht geschieht.

Dexter stellt sich weiter an, als Charlie ihn auf den Hof vor dem Stall führt, um aufzusteigen. Als sie den Fuß in den Steigbügel stellt, wirft er sich zurück, und als sie sich endlich in den Sattel plumpsen lässt, steigt er aus Protest.

„Jetzt hör endlich auf!"

Charlie tippt mit der Gerte hinter den Sattel und treibt Dexter an.

„Komm schon, los!"

Charlie gewinnt, doch der Sieg hinterlässt einen schalen Geschmack im Mund. Sie sind weit von der Einigkeit entfernt, die sie gespürt hat, als sie mit Tom trainierte, als es nur um das Vertrauen zwischen Mensch und Pferd ging.

Der Alte fährt gerade den Traktor mit dem angekoppelten Heuwender vom Hof in Vren und sieht nicht, dass Charlie angeritten kommt.

„Hallo!"

Charlie stellt sich in den Steigbügeln auf, winkt und gibt nicht auf, bis der Alte den Motor abgestellt hat.

„Ich wollte mich nur mal nach Stern erkundigen", ruft Charlie und trabt näher.

„Was soll mit ihr sein?"

„Hast du Tess aus Bäckafallet die Erlaubnis gegeben, sie zu reiten?"

„Das ist doch hier kein Reitstall für kleine Mädchen", schnaubt der Alte.

„Dann ist Stern also hier?", fragt Charlie hartnäckig weiter.

„Auf der Sommerweide."

Der Alte startet den Motor erneut und brüllt dann, um ihn zu übertönen: „Das Pferd soll demnächst geschlachtet werden, nur, dass du's weißt."

Charlie macht auf der Anhöhe halt, von der aus man die Häuser des Dorfes sehen kann. Die Jalousien in Toms Zimmer sind heruntergerollt, die Wiese ist zugewachsen und das Sicherheitsnetz um Teas Trampolin hängt zerrissen herunter und flattert im Wind. Toms Eltern sollten wissen, dass Tess heimlich auf Stern reitet. Sie sollte zu ihnen reiten und anklopfen. Hallo sagen. Sagen, dass sie ihn auch so sehr vermisst, dass es im ganzen Körper wehtut. Doch das Haus sieht aus, als wäre es ebenfalls tot. Sie kann nicht, wagt es nicht, will nicht in das Haus gehen, in dem sie so viel Zeit verbracht hat. Wo sie sich zu Hause gefühlt hat, wie ein Teil der Familie – das Mädchen, das immer mit Tom rumhing, die wie eine große Schwester für Tea war, von der alle dachten, sie sei mit Tom zusammen, obwohl sie bloß seine beste Freundin war. Die, die ihn im Stich gelassen hat.

TESS
(die auf Liv wartet)

Als Stern hört, wie Tess näher kommt, schlägt sie panisch gegen die Holzwände der Hütte. Tess gelingt es, die Zügel in die Trense einzuhaken, um sie nach draußen zu führen, doch Stern drängt sich an ihr vorbei und die Zügel, die aus Tess' Händen gerissen werden, hinterlassen ein brennendes Gefühl in ihren Handflächen. Stern verschwindet galoppierend im Wald. Sie hat keine Chance, sie einzufangen.

Und wieder passiert es! Ihre Gedanken werden zu Dämonen, die sie attackieren, und Tess sinkt zu Boden. Sind es die Sekunden unter Wasser, der Moment, in dem sie fühlte, wie sich ihre Lungen mit Wasser füllten, der sie jetzt keine Luft bekommen lässt? Oder hat sie von der Wunde am Arm eine Blutvergiftung? Breitet sich der Tod in ihren Venen aus? Wird sie jetzt sterben?

Sterns Atem an ihrer Wange hilft ihr, die Augen aufzuschlagen und wieder in die Welt zurückzukehren. Sie legt ihre Arme um den Hals des Pferdes, lässt Stern ihr aufhelfen, und saugt den Geruch ihres verschwitzten Stirnriemens ein.

„Du bist zurückgekommen", flüstert Tess.

Die Holztreppe unter Tess' Rücken ist wie eine warme Umarmung. Stern grast ruhig rund um die Kate, sie hebt ab und zu den Kopf, um zu sehen, ob Tess noch da liegt, ehe sie weiterfrisst.

„Wenn ich dir das Reiten beibringe, kannst du mir dann vielleicht mit Stern helfen."

„Versprichst du, dich um Stern zu kümmern?"

Tom ist ganz nah, seine Stimme klingt in Tess nach. Warum denken alle, er sei tot, wenn er sich doch in Wirklichkeit im Wald versteckt hält? Sollte sie zu seinen Eltern gehen und erzählen, dass sie ihn getroffen hat?

Wenn Tess die Augen schließt, sieht sie sein trauriges Gesicht – so, wie es immer aussah, wenn er dachte, dass Tess nicht hinsieht. Die nackten Füße in den Reitschuhen, der schlecht riechende Wollpulli, sein magerer Körper, all die blauen Flecken, die zum Vorschein kamen, als sie ihm die Kleider auszog. Wurde Tom misshandelt? Hat er sich deshalb versteckt? Hatte er Angst davor, dass sie ihn verraten würde? Hat er sie deshalb weggeschickt? Die Hoffnung, die in Tess aufsteigt, macht es leichter zu atmen. Sie greift nach Sterns Zügeln und schwingt sich auf ihren Rücken.

„Wir müssen zurück zu Tom", sagt Tess, doch Stern scheint zu zögern und fühlt sich an wie stumm, als Tess versucht, sie anzutreiben. Die schöne Überzeugung, dass Tom glücklich wäre, sie wiederzusehen, beginnt zu verblassen. Zurück bleibt Livs Stimme: „Tu nichts, ehe ich nicht da bin!"

Stern bleibt an der Gebietsgrenze von Vren stehen, wo die Felder des Alten brach liegen. Unter all dem gelb-grauen Gestrüpp des Vorjahres wächst neues, frisches Gras. Als Tess die Zügel lockert, senkt Stern dankbar den Kopf und reißt mit ungeduldigen Bewegungen Grasbüschel heraus. Tess lässt die Zügel über dem Hals der Stute liegen und gleitet zu Boden. Sie muss nachdenken, weiß aber plötzlich nicht mehr, wie das geht. Eine Sache, die Tom gesagt hat, geht ihr wieder und wieder durch den Kopf: „Wenn man dem Tod nah war und weiß, dass alles einmal endet." Was meinte er damit?

TOM
(Trauer)

Tom starrt in die Asche des Feuers, das in der Nacht brannte, als es noch ihn und Tess gab gegen die Ewigkeit, die ihn jetzt erwartet. Er will stark sein, doch es ist schwer, nicht zu trauern – über den Verlust der Tage, die er hätte haben sollen, Tess' frohes Lachen, Freude, Liebe, das Leben. Das weiche Gefühl steckt noch immer in seinem Körper. Die Erinnerung an die Nacht, in der sie ganz nah beieinander lagen, unter dem sternbedeckten Himmel.

„Alles Leben beginnt mit Sternenstaub", wollte er da sagen und ihr versprechen, dass immer ein Teil von ihm für sie da sein würde. Sich diesen Gedanken zu verbieten und sie gehen zu lassen, war das Schwerste von allem gewesen. Tess ist die Zukunft, die er nicht mehr erleben wird, sie war eine Verheißung auf Kinder, die sie geliebt, auf ein Leben, das sie zusammen geführt hätten. Stern zu sagen, sie solle ihr folgen, war die einzige Liebe, die er Tess dalassen konnte. Seine Stern! Sie hatte alles verstanden. So war es schon immer gewesen. Von dem Tag an, als er zu dem Fohlen gegangen war, das mit wackeligen Beinen etwas abseits auf der Weide stand. Warum hatte er gerade sie ausgewählt? Die Antwort war einfach. Stern wollte bei ihm sein. Sie hat in ihn hineingeschaut, so wie Tess in ihn hineingeschaut hatte.

Die Nacht vor dem ewigen Vergessen ist so lang. Die Gedanken leben noch immer ihr Leben. Sie tun weh, doch sie wollen gedacht werden. Er hat so lange hinter den Kulissen gestanden, hatte Charlie in den Arm nehmen und trösten wollen, Mama und Papa in ihrem Haus gesehen, in dem das Leben auf einmal aufhörte, und ihnen sagen wollen, dass er ihnen immer nahe sein würde. Wenn er gekonnt hätte, hätte er die Tür zu Teas Zimmer aufgerissen, die Lautstärke ihrer Musik runtergedreht und ihr zugerufen: „Leb für mich mit, Tea!"

Doch Tom hat keine Worte mehr. Er betet, dass es schnell vorbei sein möge. Bittet um Schlaf, der wie ein Engel kommen und ihn mit sich nehmen solle. Ein Engel, der sagt, dass Stern bei Tess sicher ist. Der sagt, dass er sich nicht mehr sorgen muss.

TESS
(und das Unbegreifliche)

Liv steht umgeben von ihren Plastiktüten am Bahnsteig, als Tess ihr entgegengeht. War Tess schon so blass, als sie sich das letzte Mal gesehen haben? Hatte sie so dunkle Ringe unter den Augen? Tess, die immer so gern lacht, verzieht kaum den Mund, als sie voreinander stehen. Liv nimmt Tess in den Arm, doch sie kann das Böse nicht einfach wegwischen. So sollte die erste Liebe nicht sein …

„Das kommt schon wieder in Ordnung", sagt Liv, hakt sich bei Tess unter und zieht sie mit zu dem Auto, das vor dem Bahnhofsgebäude wartet. Sie tollt herum und versucht, Tess zum Lachen zu bringen, doch Tess schweigt beharrlich, während Liv über dem Vordersitz hängt und sich mit Papa unterhält. Eine Menge Unfug über Dinge, die sie erlebt hat, was dieser und jener gerade so macht, wie dieser und jener aussieht – ein schnatternder Hintergrund für Tess' Gedanken, die im Kreis fahren. Sie ist voller Unruhe, wegen Stern, die allein ist, wegen der Zeitungsartikel, die sie gegoogelt hat, und weil sich ihre Welt seitdem immer schneller dreht.

„Habt ihr euch wirklich erst gestern gesehen?" Papa schüttelt lachend den Kopf über Livs Redefluss.

Tess schielt aus den Augenwinkeln zu Liv, die nach Luft schnappt, einige Sekunden schweigt, sich dann aber fängt und sagt: „Ja, ist es nicht unglaublich, was seither alles passiert ist?"

Es klingt falsch, doch Papa lacht und der Moment ist vorbei.

„Ich hab Angst, Liv", sagt Tess, sobald sie allein in ihrem Zimmer sind.

„Das wird sich alles auflösen", tröstet Liv sie. „Wir müssen nur herausfinden, was genau passiert ist."

Doch als Tess den Computer hochgefahren hat und Liv einige der Artikel zeigt, die sie gefunden hat, sitzt Liv eine lange Zeit ganz still da.

Fünfzehnjähriger nach Reitunfall ertrunken geborgen

Der 15-jährige Junge, der nach einem Ausritt vergangenen Montag verschwand, wurde heute tot aus einem See in einem Kieswerk geborgen. Die Suchmannschaften der Gegend wurden abberufen und die Polizei hat jegliche Ermittlungen hinsichtlich eines möglichen Verbrechens eingestellt. Das Pferd, das der Junge geritten hatte, wurde im nahe gelegenen Wald gefunden, zwei Tage nachdem die Eltern des Jungen ihn als vermisst gemeldet hatten.   *tb*

„Der Artikel handelt von Tom", sagt Tess. „Dem Tom, den ich den ganzen Frühling über getroffen habe."

„Bist du dir da ganz sicher?"

„Ja." Tess sieht Liv mit Angst in den Augen an.

„Es gibt viele Leute, die behaupten, Kontakt mit Toten zu haben", antwortet Liv und hält Tess' Blick stand. „Du hast selbst gesagt, dass du glaubst, dass deine Oma noch immer hier im Haus ist."

„Tom und ich haben einen Schlafsack geteilt. Ich hab ganz nah bei ihm gelegen und geschlafen und wir haben im selben Rhythmus geatmet. Das ist nicht das Gleiche, wie zu wissen, dass Oma auf der Bettkante sitzt. Ich bin in einen toten Jungen verliebt, Liv!"

„Ihr wart zusammen im Wald, und dann wollte er plötzlich, dass du gehst?" Liv bemüht sich, alles zusammenzufassen, was Tess erzählt hat.

„Er hat gesagt, dass alles nur zum Spaß gewesen sei", antwortet Tess und nickt.

„Alles nur, damit du dich um Stern kümmerst?"

„Genau."

„Und das war so quasi sein letzter Wille?"

„Vermutlich", sagt Tess. „Aber sie soll geschlachtet werden, wenn nicht der Alte vom Stall sie vorher erschießt. Ich werde mich gar nicht mehr um sie kümmern können."

Hummeln brummen im Geißblatt, das vor dem Fenster wächst, Schwalben fliegen tief, um an ihr Nest unter dem Dachfirst zu kommen und ihre Jungen zu füttern, und die Sonne strahlt vom klaren blauen Himmel.

„Vielleicht gibt es mehrere Dimensionen", sagt Liv nach

einer Weile. „Dimensionen, die nur manche Menschen erleben."

„Und ich soll einer dieser Menschen sein?"

Tess streckt die Hand aus und spürt Liv unter ihren Fingerspitzen. Die wahrhaftigste Wirklichkeit ist, dass sie zurück zum Plateau muss. Jetzt sofort! Tom hat ein Recht darauf zu erfahren, dass Sterns Leben in Gefahr ist.

„Wir müssen uns beeilen", sagt Tess. „Stern muss nach draußen, um zu fressen."

Sie sehen Charlie nicht, die auf der Anhöhe über Bäckafallet auf der Lauer liegt. Sie hören nicht, dass sie ihnen folgt, auf dem Weg zur verlassenen Hütte.

TOM
(das Warten)

Tom kauert sich auf dem Felsen, auf dem er liegt, zusammen. Die Kraft, mit der er sich von Ort zu Ort bewegen konnte, ist fort. Er hat es versucht, doch er schafft es nicht mehr. Jetzt kann er nur noch still daliegen und warten – warten in der Gewissheit, etwas falsch gemacht zu haben.

Tess ...

TESS
(zurück zu Tom)

Liv sitzt auf der Treppe vor der verlassenen Kate, sie hat die Kamera in der Hand und richtet sie auf Tess, die Stern am Zügel hält, während diese grast.

„Hör auf damit", faucht Tess.

Das Gefühl, dass es eilig ist, macht es schwer zu atmen.

Plötzlich ist Liv nur noch im Weg.

„Ich muss doch alles dokumentieren …"

Liv hat den Blick aufs Display gerichtet, schaut jedoch auf, als sie Tess' Gesichtsausdruck sieht.

„Ich reite zurück zu Tom", sagt Tess.

„Dann komm ich mit."

„Das geht nicht."

„Und falls dir was zustößt? Was soll ich dann tun?"

„Ich hinterlasse dir eine Spur", antwortet Tess. „Wenn ich später am Tag nicht zurück bin, folgst du ihr."

„Das ist keine gute Idee, Tess."

„Ich hab keine andere und du kannst mich nicht aufhalten."

Es beginnt mit einer schnellen Bewegung im Wald und einem knackenden Zweig. Als Charlie ihnen entgegenrennt, hebt Stern den Kopf und wiehert gellend. Liv hat keine Chance, Tess zu stoppen, die Sterns lange Mähne ergreift, einige Schritte an ihrer Seite rennt und sich dann auf ihren Rücken schwingt.

„Tess!" Livs Schrei hallt durch den Wald, doch Tess beugt sich über Sterns Hals und treibt sie weiter an. Sie denkt gar nicht daran, anzuhalten!

„Du machst also auch bei dieser Sache mit", keucht Charlie, als sie Liv schließlich Auge in Auge gegenübersteht. „So unglaublich frech …"

„Wie meinst du das, frech?"

„Man klaut nicht das Pferd von jemandem und reitet es heimlich!"

„Tess hat das Pferd nicht geklaut", kontert Liv.

„Ach nein?"

„Tom hat sie gebeten, sich um Stern zu kümmern", antwortet Liv.

„Du lügst!"

Charlie brüllt, dass Liv total krank sei, dass sie nicht über Dinge reden sollte, von denen sie nichts versteht, doch die Trauer, die in ihr aufsteigt, bringt sie schließlich zum Schweigen. Als Charlie auf die Treppenstufen sinkt, weint sie, wie sie nie zuvor gewagt hatte zu weinen.

„Ich weiß, dass er tot ist", sagt Liv, nachdem sie sich neben Charlie gesetzt hat. „Aber Tess hat ihn trotzdem getroffen."

„Ich war auf seiner Beerdigung", schluchzt Charlie.

„Das klingt alles völlig verrückt", stimmt Liv zu. „Aber Tom will, dass Tess sich um Stern kümmert."

„Hör auf zu lügen."

„Tess konnte noch nicht mal reiten, als sie hierher gezogen ist. Tom hat es ihr beigebracht."

Charlie schüttelt Livs tröstenden Arm ab, doch das Bild, wie Tess sich auf Sterns Rücken geschwungen hat, kann sie nicht so leicht abschütteln. Charlie hat noch nie jemand anderen als Tom gesehen, der das konnte.

Tess bremst ab, lässt die Zügel locker und Stern durchatmen, während sie im Schritt Omas Wald durchqueren. Es gibt keinen Plan B. Sie müssen zurück zum Plateau finden. Das Versprechen, das sie Tom gegeben hat, wird sie niemals halten können. Das muss er wissen. Sie muss ihn wiedersehen!

Charlie lässt Liv an der verfallenen Kate zurück, rennt durch den Wald und auf den Hof in Grantorp, wo Dexter in seiner Box steht. Seine Ohren sind gespitzt, als er wiehert.

„Wir reiten zum Plateau."

Charlie spricht leise mit ihm, während sie ihn sattelt und ihm Zaumzeug und Trense anlegt. Sie nimmt sich Zeit, ihre Hände entlang seines Kopfes streichen zu lassen und legt ihre Stirn an seine.

„Wir müssen Stern retten."

Der Ärger hat der Trauer Platz gemacht. Als Dexter sein Maul an ihre Wange legt und ruhig ausatmet, kommen ihr erneut die Tränen.

„Das ist wichtig, Dexter." Charlie sinkt vorsichtig in den Sattel und nimmt die Zügel. Dexters Ohren bewegen sich, als er auf ihre Stimme hört. „Ich muss mich bei ihm entschuldigen und ihm sagen, dass ich ihn vermisse."

Die Kreuzotter, die auf dem Pfad in der Sonne liegt, bringt Stern dazu, abrupt anzuhalten. Als die Otter warnend den Kopf hebt, steigt Stern auf die Hinterbeine, um dem Biss zu entgehen, der folgen könnte. Tess ist darauf nicht vorbereitet. Sie fällt rücklings auf den Boden und landet genau an der Stelle, wo die Kreuzotter eben noch gelegen hatte. Tess kann Stern nicht aufhalten, die zurück zur verlassenen Kate galoppiert. Als sie wieder auf die Beine kommt, rennt sie weiter – raus aus Omas Wald und rein in den Primärwald.

Charlie nimmt den Pfad, den sie mit Tom letzten Sommer geritten ist, als der Wald ihnen gehörte und das Leben ein Abenteuer war. Als sie Dinge in der alten Flößerhütte hamsterten und darüber fantasierten, dass sie später dort wohnen würden – im Sommer. Im Sommer, der nie kam. Die Fragen drängen sich auf und verlangen eine Antwort. Warum gerade Tess? Charlie und Tom waren doch beste Freunde. Warum hat er nicht sie gebeten?
„Ich glaube nichts, bevor ich ihn nicht getroffen habe." Charlie beugt sich nach vorn und streichelt über Dexters Hals.

Tess geht so schnell sie kann, doch dicke Baumstämme sind im Weg und große Felsbrocken zwingen sie, die Richtung zu ändern. Als sie über eine Wurzel stolpert und hinfällt, bleibt sie liegen. Das bringt doch nichts! Sie wird nie zurück zum Plateau finden. Wenn Tess die Augen schließt, sieht sie Tom vor sich – seine traurige Gestalt oben auf den Klippen. Warum hat sie es nicht verstanden?

Dexter bleibt stehen und lauscht. Es beginnt wie eine Ahnung, wird zu einer schwingenden, trommelnden Bewegung, die übergeht in das Geräusch von knackenden Ästen und keuchendem Atem. Als Stern aus dem Wald bricht, ist Charlie bereit.

„Ruhig, Mädchen!"

Dieses Mal bleibt Stern dankbar an Dexters Seite stehen, doch sie hebt den Kopf und wiehert, wieder und wieder. Charlie beugt sich nach vorn und zieht die Zügel über Sterns Kopf. Mit ihr im Schlepptau trabt sie den Pfad entlang, der aus dem Wald herausführt, den Tess Omas Wald nennt.

An einem abgebrochenen Zweig hängen einige braune Haare, ein Stück weiter in den Wald hinein, wo der Boden feucht ist, kann man Fußspuren erkennen. Doch Stern zwingt Charlie dazu, vom Pfad abzuweichen. Und es ist auch Stern, die Tess zusammengekauert im weichen Moos liegend findet, die sie anstupst, bis sie den Blick hebt.

„Ich finde den Weg." Charlie reicht Tess Sterns Zügel, nachdem sie aufgestanden ist. Wie zu sich selbst sagt Tess leise: „Das Plateau war Toms und mein geheimer Ort."

TOM
(auf dem Weg)

Toms Augen sind weit aufgerissen, während er in die Sonne blickt, die über dem Plateau strahlt. Der kleine See über dem Wasserfall liegt heute still da, und die alten Bäume spiegeln sich in dem dunklen, glänzenden Wasser. Alles verrottet, wird morsch und stirbt. In einem Moment noch ein mächtiger Stamm, im nächsten eine gefallene Kiefer, die langsam verfault und zurück in die Erde gleitet, wo sie einmal ein kleiner Samen war, der vom Mutterbaum gefallen ist. Hundert Jahre, tausend Jahre, oder nur fünfzehn. Wenn die Zeit reif ist, wird die Seele freigelassen. Wie der Wind oder der Regen, wie eine Liebkosung, oder nur wie eine Ahnung in der Luft. Jeder Widerstand ist verschwunden.

TESS, TOM
(und Charlie)

Charlie übernimmt die Führung und klettert über die Felsbrocken, mit Dexter im Schlepptau. Sie will zuerst hinauf! Es war ihr Mut, ihrer und Toms, der sie diesen Weg finden ließ. Ihre Freundschaft, die sie stark gemacht hat. Dennoch zögert sie, als sie so nah sind, dass man die Hütte sehen kann.

„Er hat gesagt, dass nur ich ihn sehen kann", warnt Tess.

„Warum?"

„Vielleicht, weil ich irgendwo dazwischen war", antwortet Tess. „Weil Oma gerade gestorben ist und meine Trauer die Tür geöffnet hat."

„Wie macht man das?", fragt Charlie.

„Ich weiß es nicht."

Charlie blinzelt im gleißenden Sonnenlicht. Sie blickt in dieselbe Richtung wie Tess, sieht aber nur das T-Shirt, das auf der Klippe trocknet.

„Das ist Toms T-Shirt", flüstert Charlie.

„Das ist Tom", antwortet Tess.

Langsam löst sich der Körper eines Jungen vom Fels. Charlie keucht auf, als Tom sich aufsetzt und versucht, sich die Sonnenblindheit aus den Augen zu wischen mit Händen, die nicht mehr länger gehorchen wollen. Er hört nicht, als sie ruft. Erst als sie vor ihm in die Hocke geht, sieht er sie.

„Mich gibt es nicht mehr", sagt er.

„Okay", antwortet Charlie.

„Geht es Stern gut?"

„Ich glaub schon", sagt Charlie.

„Hilfst du Tess?"

„Wenn du mir verzeihst, tue ich das", antwortet Charlie.

„Es war nicht deine Schuld, Charlie", sagt Tom. „Es war einfach Pech."

„Wenn ich dabei gewesen wäre, hätte ich dich gerettet", sagt Charlie.

„Ich weiß."

„Es ist so ungerecht, Tom", weint Charlie.

„Es ist, wie es ist", antwortet Tom.

„Ich dachte immer, dass wir zusammenkommen, du und ich", sagt Charlie. „Später."

„Für mich gibt es kein später mehr, Charlie."

„Aber wir sind doch Freunde, oder?"

„Beste Freunde." Tom nickt. „Vergiss das nie."

Nach dem Charlie sich von Tom verabschiedet hat, laufen ihr die Tränen über die Wangen, doch sie wird nie mehr nach dem Warum fragen, nie mehr denken, dass es ihre Schuld war. Das hat sie Tom versprochen. Das Gefühl, außen vor zu sein, ist erdrückend, als sie sieht, wie Tess zu Tom geht, mit Stern im Schlepptau. Als sie sieht, wie Tess die Arme um Tom legt und Stern ihr Maul an seinen gebeugten Kopf, dreht sie sich weg. Tom, Stern und Tess – Charlie sieht deren Spiegelbild im dunklen Wasser. Es ist wahr!

Sie sitzen sich gegenüber. Der Junge mit blauen Flecken am ganzen Körper und das Mädchen mit den traurigen Augen.

„Es ging um Stern", sagt Tom. „Doch du wurdest zu so viel mehr als nur jemand, der sich um sie kümmern sollte."

„Du hast mich angelogen."

„Hatte ich eine Wahl?"

„Du hättest sagen können, wie es ist."

„Hallo, ich heiße Tom und bin tot, oder wie?"

„‚Verlieb dich nicht in mich, denn ich will nur, dass du dich um mein Pferd kümmerst' ist viel besser gewesen", antwortet Tess.

„Sei nicht verbittert, Tess."

„Wie soll ich sie nur retten?", fragt Tess.

„Dir wird etwas einfallen", antwortet Tom.

„Ich bin nicht so, wie du denkst", sagt Tess. „Ich hab mich nur aufs Reiten eingelassen, weil ich mit dir zusammen sein wollte."

„Ich weiß", murmelt Tom. „Aber ich hab dich dazu gebracht, dass du auch Stern magst, oder nicht?"

Als Tom auf dem Felsen zusammensinkt, legt Tess sich dicht zu ihm, so nah, dass sie ihn flüstern hört: „Du bist die Liebe, die ich niemals erleben darf."

„Ich bleibe bei dir", sagt Tess.

„Nein, Tess, jetzt müssen wir uns trennen."

Niemand außer Stern weiß, was Tom flüsterte, als er seine Stirn an ihre legte und Abschied nahm. Doch Pferde wissen, dass das Leben vergänglich ist, und mit dem Kopf zum Boden gesenkt, verlässt Stern den Jungen, der ihrer war. Sie geht mit schweren Schritten zu dem Mädchen, das jetzt da sein wird. So würde es werden.

DAS ENDE
(und ein Anfang)

Der Alte in Vren ist nicht der Ordentlichste, doch sein Herz ist groß und er liebt Tiere. Es war der Alkohol und die Ungerechtigkeit, dass ein unschuldiges Pferd bestraft werden sollte, die ihn zum Wüten brachte. Niemals hätte er Stern umbringen können. Als Tess ihn um Hilfe bat, nahm er ein Bad und bürstete den alten Anzug aus.

„Das Pferd ist nicht schuld daran, dass der Junge gestorben ist", sagt er, als sie gemeinsam durch den Wald laufen, in Richtung des Dorfes.

Sie treffen Charlie an der Wegkreuzung. Sie ist bleich, aber entschlossen. Dieses Mal wird sie den ganzen Weg zu Toms Haus gehen.

„Deine Eltern erlauben also, dass du sie nimmst?" Charlie muss wieder und wieder fragen.

„Ja, und wenn Toms Eltern einverstanden sind", sagt Tess.

„Und du bleibst hier?"

„Ja, ich bleib hier."

Tess klopft an die Tür und weicht erschrocken zurück, als Tea die Tür öffnet – Toms graue Augen blicken sie aus einem anderen Gesicht an. Es dauert einen Moment, ehe sie sich wieder gefangen hat.

„Hallo, wir wollten deine Eltern treffen", sagt sie. „Sind sie zu Hause?"

„Sitzen im Garten." Tea deutet mit dem Kopf ins Haus, zur offenen Glastür, die in den Garten führt, bevor sie die Treppe hinaufgeht und verschwindet.

Maria, Mamas Freundin und Toms Mutter, kommt ihnen entgegen, um sie hereinzubitten, und Tess und der Alte halten sich im Hintergrund.

„Es ist lange her", sagt Maria und hält Charlies Hände in ihren.

„Ich konnte nicht …", beginnt Charlie.

„Du musst nichts erklären", antwortet Maria, ehe sie sich Tess zuwendet. „Und du bist Annas Tochter?"

„Tess", sagt Tess und streckt die Hand aus.

„Kommt rein."

Im Garten ist der Tisch zum Kaffee gedeckt. Ein Fenster im ersten Stock ist geöffnet und man kann Heavy Metal Musik hören, die herausdröhnt. Eine Kanne Kaffee und eine Karaffe mit Saft stehen auf dem Tisch.

„Ich hab's nicht geschafft, einen Kuchen zu backen", sagt Maria.

„Warum wolltet ihr uns sprechen?", fragt Toms Papa, nachdem sich alle hingesetzt haben.

„Es geht um das Pferd", sagt der Alte. „Die Mädchen wollen sich darum kümmern."

„Es tut mir leid", murmelt Maria. „Aber wir haben uns entschieden."

„Wir hätten es längst loswerden sollen", sagt Toms Vater. „Es war schon immer unbändig."

„Wir wollen nicht, dass noch jemandem etwas zustößt", erklärt Maria.

„Es war sein Pferd", verdeutlicht der Vater. „Niemand sonst kann es reiten."

„Tess kann es", sagt Charlie.

„Aber ..." Maria blickt forschend auf Tess.

„Ich hab's ihr erlaubt", beeilt sich der Alte zu sagen. „Dachte, es wär schade, wenn das Pferd nur da stehen würde."

„Es funktioniert gut", meint Tess. „Ich mag Stern."

„Und was sagt deine Mutter dazu?", fragt Maria.

„Von ihr aus darf ich", antwortet Tess.

„Der Schlachter ist schon bestellt", sagt Toms Vater. „Er kommt am Dienstag."

„Dem Pferd fehlt nichts", meint der Alte. „Das ist nicht gerecht."

„Komm nicht hierher und erzähl mir was von Gerechtigkeit", schnaubt Toms Vater.

Es hilft nichts, dass Maria eine tröstende Hand auf Tess' Bein legt und sagt, dass sie bestimmt ein besseres Pferd zum Reiten findet. Es hilft nichts, zu verstehen, dass die Tränen, die über die Wangen von Toms Vater laufen, Tränen der Trauer darüber sind, seinen Sohn verloren zu haben. Das, was hilft, ist Tea, die die Treppen heruntergestapft kommt und sagt: „Wenn ihr Stern umbringt, wird Tom euch das nie verzeihen."

„Aber Tea!"

„Ihr wollt euch doch nur rächen, und das ist feige", sagt Tea. „Stern hätte Tom niemals etwas zuleide getan."

„Der Schlachter ist bestellt", antwortet Toms Vater.

„Dann könnt ihr mich gleich mit erschießen."

Es wird still am Tisch, nachdem Tea gegangen ist. Eine unbequeme Stille, die in der Luft zittert.

„Es ist vielleicht besser, wenn ihr jetzt geht", sagt Toms Vater schließlich.

„Und das Pferd?", fragt der Alte.

Toms Vater vergräbt das Gesicht in den Händen. Dann sucht sein Blick den seiner Frau. Er ringt mit sich und es fühlt sich wie eine kleine Ewigkeit an, bis er sagt:

„Also gut. Wir haben nur noch ein Kind. Wir machen, was Tea will."

Das Eis ist gebrochen und Tom wird wieder lebendig, als Charlie erzählt, was sie alles zusammen erlebt haben. Nachdem Maria ihre Tränen weggewischt hat, erzählt sie von dem Tag, an dem Tom Stern bekommen hat.

„Ein Junge, der verrückt war nach Pferden, und jeden Tag im Stall rumhing", sagt sie und lächelt. „Wir haben es nicht begriffen, aber als wir von einem Fohlen hörten, das hier in der Nähe verkauft werden sollte, sind wir hingefahren, um es uns anzusehen. Wir Erwachsenen haben schnell erkannt, dass das Fohlen nicht gerade geeignet war. Stern war so jung und sogar ich hab gesehen, dass sie nicht besonders gut gepflegt war. Vermutlich hatten sie vor, sie in den Stall zu bugsieren, ehe wir ankamen, aber wir waren zu früh dran, und als Stern die Führleine sah, ist sie abgehauen. Als Tom gesagt hat, dass wir weggehen sollen, damit er es allein versuchen kann, haben wir protestiert, doch er war stur. Dann standen wir vor dem Stall und haben darauf gewartet, dass wir heimfahren können. Die Frau, der Stern gehörte, hatte eine Menge Ausreden parat und meinte, dass wir an einem anderen Tag wiederkommen sollten. Wir wollten gerade nach Tom rufen, als wir sahen, dass er mit Stern im Schlepptau angelaufen kam. Natürlich fanden wir nicht, dass das das richtige Pferd für ihn wäre, aber Tom weigerte sich, sie loszulassen. ‚Stern will mich haben‘, sagte er nur, und von diesem Tag an waren sie unzertrennlich.“

Natürlich kommen die Tränen wieder. Als sie von dem Band zwischen Tom und Stern hört, diesem Band, das es von Anfang an zwischen ihnen gegeben hat, rinnen sie über Tess’ Wangen. Das Band, das sie selbst so deutlich gespürt, das Band, für das Tom so heftig gekämpft hat, um es zwischen ihr und Stern zu knüpfen.

Erst später sieht Tess, dass Tea auf der Treppe sitzt, die in den ersten Stock führt, und ihr ein leises „Komm!“ zuflüstert.

Tea geht vor ihr her, sie nimmt Tess’ Hand und zieht sie mit sich in Toms Zimmer. Auf dem Bett sind keine Laken und die Decke ist auf den Boden gefallen. Die Schubladen der Kommode sind halb herausgezogen, und es liegen nur ein umgedrehter Fotorahmen sowie ein schmutziges T-Shirt da.

„Mama hat die meisten von Toms Sachen weggegeben", sagt Tea, „aber niemand hat es geschafft, hier sauber zu machen."

Der Schreibtisch vor dem Fenster ist von einer dicken Staubschicht bedeckt. Als Tea darauf deutet, beugt sich Tess nach vorne. In kantigen Buchstaben steht dort etwas geschrieben:

PFERDE-TRILOGIE VON

Band 1 · ISBN 978-3-440-15954-5

Saphir steht für die besondere Verbindung zwischen Mensch und Pferd. Erzählt wird die liebevolle, magisch anmutende Freundschaft zwischen dem ehemaligen Straßenmädchen Roxy und dem traumatisierten Rennpferd Saphir – eine Liebe allen Konventionen zum Trotz, die den vornehmen Kastanien-Hof durcheinanderwirbelt. Und so entdeckt der erfolgreiche Springreiter Nolan nach und nach, was eigentlich der wahre Ruf seines Herzens ist …

kosmos.de

BESTSELLERAUTORIN BETTINA BELITZ

Band 2 · ISBN 978-3-440-15955-2

Band 3 · ISBN 978-3-440-16743-4

SCHÖNSTE PFERDELITERATUR, DIE TIEF IM HERZEN BERÜHRT.

Hardcover | Ab ab 12 Jahren | ca. 12,99 €/D
Auch als Ebook erhältlich
Preisänderungen vorbehalten

EINFÜHLSAM UND BERÜHREND

320 Seiten, ca. €/D 14,99
ISBN 978-3-440-15484-7

Ein mysteriöser Brief stellt das Leben der 17-Jährigen Sophia völlig auf den Kopf: Ihr Vater – angeblich im Ausland verschollen – besaß in Wahrheit ein Gestüt auf Rügen ... und hat es nach seinem Tod Sophia vermacht. Mit vielen Fragen im Gepäck, macht sich Sophia auf die Reise, um den Hof und ihren Großvater kennenzulernen. Welche Geheimnisse verbergen sich hinter der seltsamen Erbschaft, was hat es mit der verstörten Stute Finja auf sich und warum versucht ihre Mutter scheinbar alles, um zu verhindern, dass Sophia auf dem Gestüt glücklich wird?

kosmos.de Auch als Ebook erhältlich Preisänderungen vorbehalten